Georges Simenon

45 Grad im Schatten

*Roman
Aus dem Französischen von
Angela von Hagen*

Diogenes

Titel der Originalausgabe:
›45° à l'ombre‹
Copyright © 1936 by Georges Simenon
Umschlagfoto von
Philipp Keel

Deutsche Erstausgabe

Alle deutschen Rechte vorbehalten
Copyright © 1987
Diogenes Verlag AG Zürich
60/97/36/2
ISBN 3 257 21482 0

I

Der Steward klopfte mit dem Fingerknöchel drei- oder viermal kurz hintereinander, hielt das Ohr an die Kajütentür, wartete ein paar Sekunden und sagte dann mit gedämpfter Stimme:

»Es ist halb fünf Uhr.«

In der Kajüte von Doktor Donadieu summte der Ventilator, das Kabinenfenster stand offen, und trotzdem war der Arzt, nackt auf seinem Bett liegend, von Kopf bis Fuß in Schweiß gebadet.

Er erhob sich träge und begab sich, ohne einen Blick aus dem Fenster zu werfen, in seinen Duschraum, der kaum größer war als ein Wandschrank. Er war ruhig und gelassen, seine gemessenen Bewegungen waren die eines Mannes, der jeden Tag zur selben Stunde dieselben Rituale vollzieht. Die Siesta, die er eben gehalten hatte, war eines davon und das heiligste. Darauf folgten jeweils die Dusche und die Massage und anschließend eine Reihe von kleinen Verrichtungen, die, ebenfalls stets dieselben, die Zeit bis fünf Uhr ausfüllten.

Er sah zum Beispiel auf das Thermometer. Es zeigte 48° C. Die anderen auf dem Schiff, die Offiziere, die Passagiere, die an den Äquator eigentlich gewöhnt sein müßten, jammerten, protestierten, schwitzten. Donadieu dagegen sah die rosa Alkoholsäule mit einer gewissen Befriedigung höherklettern.

Als er gerade die weißen Segeltuchschuhe anzog, heulte über seinem Kopf die Sirene auf, und das Hin- und Herlaufen auf Deck wurde hektischer und lauter.

Die ›Aquitaine‹, die von Bordeaux kam, war am Endpunkt ihrer Reise angelangt, in Matadi an der Kongomündung, in der sich schmutziggelbe Wassermassen wälzten.

Der Aufenthalt in Matadi war bereits zu Ende. Er hatte zwanzig Stunden gedauert, und Donadieu war nicht neugierig darauf gewesen, an Land zu gehen. Er hatte vom Schiff aus die Rammpfähle an den Quais betrachtet, die Docks, die Baracken und Bootshäuser, das Gewirr von Schienen und Wagen, eine von lastender Sonne erdrückte Welt. Neger in Gruppen keuchten unter ihrer Arbeitslast, ab und zu kam ein Europäer vorbei, im weißen Anzug, den Tropenhelm auf dem Kopf, mit Papieren in der Hand und einem Bleistift hinterm Ohr.

Jenseits dieses ganzen Chaos lag eine Stadt mit einem Bahnhof, einem sechs Stockwerke hohen Hotel, dessen Umrisse undeutlich hervortraten, und mit kleinen, über die Hügel verstreuten Villen.

Während sich Donadieu anzog, hörte er an den verhältnismäßig leisen Geräuschen, die aus dem Gang zu ihm drangen, daß nur wenige Passagiere erster Klasse an Bord waren.

Sein Kabinenfenster ging nicht auf die Stadt, sondern auf die andere Seite des Flusses, wo es nichts zu sehen gab außer einem kahlen Gebirge, an seinem Fuß einige Eingeborenenhütten und eine Reihe Pirogen auf dem Sand.

Pfiffe ertönten. Donadieu befeuchtete sein Haar mit Kölnisch Wasser, kämmte sich sorgfältig und holte eine saubere, blitzblanke, gestärkte Uniform aus dem Schrank.

Die Rückfahrt begann, mit denselben Zwischenstationen in den afrikanischen Häfen wie bei der Herfahrt. Der auffallendste Unterschied zwischen den beiden Strecken war der, daß es bei der Abfahrt in Bordeaux noch frische Lebensmittel in Hülle und Fülle gab, während die Kühlkammern auf der Rückreise kärglicher gefüllt waren, die Kost mager und einseitig wurde.

Die Haltetaue wurden losgemacht, die Anker gelichtet, die Schiffsschraube setzte sich in Bewegung, und oben auf Deck winkten wie immer die Passagiere mit weit ausholenden Gesten den Freunden zu, die an Land zurückblieben.

Es war fünf Minuten vor fünf. Die nächsten fünf Minuten brachte Donadieu damit zu, einige Papiere und kleinere Gegenstände an einen anderen Platz zu legen, dann nahm er seine Mütze und verließ die Kajüte. Er wußte schon im voraus, daß er in den Gängen Stewards sehen würde, die Koffer schleppten, offene Kabinen, neue Passagiere, die versuchten, sich zurechtzufinden, die Auskünfte verlangten oder eine andere Kabine haben wollten. Drei Leute warteten vor dem Büro des Zahlmeisters. Donadieu ging vorbei, ohne stehenzubleiben, warf einen Blick in den leeren Salon und stieg ohne Eile die Haupttreppe hinauf. Er glaubte einen leisen Schrei zu hören, den Schrei eines kleinen Kindes, schenkte dem jedoch keine Beachtung und gelangte auf das Promenadendeck, das in der glühenden Sonne lag.

Eine Weile sah man noch den Hafen von Matadi und die weißgekleideten Europäer, die auf dem Quai warteten, bis das Schiff verschwunden war. Die ›Aquitaine‹ gelangte an der Stelle des Flusses, die Le Chaudron, der Kessel, genannt wurde, in Strudel, was man daran merkte, auch wenn man nichts sah, daß das Schiff trotz seiner zweitausendfünfhundert Tonnen und seiner gewaltigen Maschinen eigenartige Schlingerbewegungen machte, die unangenehmer waren als das heftige Schwanken in einem Sturm.

Der Kongo, stromabwärts bis zu zwanzig Kilometer breit, verengte sich plötzlich zwischen zwei kahlen Gebirgen, schien wieder rückwärts fließen zu wollen, bildete Strudel, und die Gegenströmungen bewirkten auf seiner Oberfläche heimtückische Wirbel.

Einige Pirogen flitzten dahin, ziellos, so schien es, als bewegten sie sich auf ein Nichts zu, und dabei steuerten die von nackten Negern geführten Paddel sie doch sicher an einem Wirbel nach dem anderen vorbei, jede Wellenbewegung ausnutzend, um den Strom hinaufzukommen.

Backbords war niemand auf Deck. Donadieu ging mit gleichmäßigen großen Schritten, ohne anzuhalten, sein Gang sah fast steif aus. Als er an der Bar vorbeikam, hielt er erstaunt inne. Er wandte sich, was selten vorkam, zu jemandem um, der ihm seltsam vorkam, runzelte die Stirn und setzte seinen Gang um das Deck wieder fort.

Kein Lufthauch regte sich, die Schotten waren glühend heiß. Und doch hatte Donadieu einen Arzt an der Bar stehen sehen, der die Uniform der Kolonialtruppe trug und darüber den schweren Feldmantel! Schon der Anblick des dicken Khakistoffes war verblüffend. Als er ein zweites

Mal vorbeiging, bemerkte Donadieu, daß sein Kollege schwarze Filzpantoffeln trug und daß er nicht einen Tropenhelm auf dem Kopf hatte, sondern das dunkle Käppi mit der goldenen Tresse.

Er unterhielt sich mit dem Barkeeper, lachte und schien sehr munter zu sein. Die übrigen Passagiere richteten sich jetzt in ihren Kabinen ein, und man würde sie erst später an Deck kommen sehen.

Ab und an rannte ein Matrose vorbei und kletterte zur Kommandobrücke hinauf. Da geschah plötzlich etwas Ungewöhnliches. Das Schiff schien sich aufrichten zu wollen. Der Stoß war kaum spürbar, doch Donadieu hatte das sichere Gefühl, daß es für einige Sekunden stillstand.

Befehle kamen aus dem Lautsprecher, zwei Pfiffe ertönten. Das Schlingern im hinteren Teil des Schiffes wurde stärker, doch einen Augenblick später hatte es wieder seine normale Fahrt durch den Chaudron aufgenommen.

Donadieu ging nur dann auf die Kommandobrücke, wenn er einen Bericht abzuliefern hatte. Das war ein Prinzip; er schätzte es, wenn jeder auf seinem Platz blieb. Der Erste Offizier kam herunter, er schien beunruhigt, und eilte zum Maschinenraum. Eine Tür ging auf, ein Passagier streckte den Kopf heraus und rief den Arzt zu sich.

»Sind wir auf Schotter gelaufen, he?«

Donadieu kannte den Mann, er war schon einmal an Bord gewesen. Er hieß Lachaux und war ein ehemaliger Kolonialbeamter, der im Kongo eine ganze Provinz besaß. Er hatte Tränensäcke unter den Augen, seine Gesichtsfarbe war fahl, sein Blick mißtrauisch.

»Ich weiß nicht«, antwortete Donadieu.

»Ich schon!«

Lachaux, der das rechte, dick angeschwollene Bein nachzog, stieg zur Kommandobrücke hinauf, um den Kapitän auszufragen.

Das Deck der dritten Klasse war fast leer. Auf dem Backdeck kampierten ein Dutzend Neger direkt auf dem Boden. Bei einer der nächsten Stationen würden sie sicher aussteigen. Eine üppige Negerin, in leuchtendblauen Madras gehüllt, seifte ein nacktes Kind ein.

Donadieu ging weiter. Viermal am Tag machte er stur seinen Spaziergang, mit seinen gleichmäßigen Schritten. Doch diesmal hielt ihn der Zahlmeister auf, der kleine Edgar de Neuville.

»Haben Sie ihn gesehen?«

»Wen?«

Neuville wies mit dem Kinn auf die Bar-Terrasse, wo sich die Gestalt des Mannes mit dem Khakimantel abzeichnete.

»Es ist Doktor Bassot, er wird nach Hause gebracht. Darauf wartet er schon einen Monat. Er war in Brazzaville in einen Keller eingeschlossen. Seine Frau war gerade bei mir.«

Ein flüchtiges Lächeln huschte über Neuvilles Lippen, der immer lächelte, wenn von Frauen die Rede war.

»Er ist ziemlich durchgedreht, und seine Frau macht sich Sorgen um ihn. Sie hat mich gefragt, ob das Schiff eine Gummizelle hat, und ich habe ihr die gepolsterte Kabine gezeigt. Zu Ihnen kommt sie sicher auch noch.«

Der Zahlmeister ging ein paar Schritte und drehte sich dann um.

»Haben Sie übrigens auch den Stoß gespürt?«

»Ich glaube, wir haben etwas gerammt.«

Sie trennten sich. In der Bar saßen drei neue Gäste. Donadieu fiel nur ein junger Mann auf, der ein sehr besorgtes Gesicht machte. Der Doktor im Khakimantel war immer noch da. Er segelte geradezu von einem Tisch zum anderen, starrte neugierig die Leute an und führte grinsend Selbstgespräche.

Er war jung, blond und mager und rauchte eine Zigarette nach der anderen, aber als er seine Frau kommen sah, warf er seine Zigarette über Bord, und sein Gesicht bekam einen ängstlichen Ausdruck.

Donadieu ging in die Krankenabteilung auf dem Zweite-Klasse-Deck hinunter. Mathias, der Krankenpfleger, war gerade damit beschäftigt, seine hellbraunen Schuhe zu putzen.

»Wissen Sie, was uns bevorsteht?« knurrte er.

Denn er knurrte immer. Er hatte immer eine zerfurchte Stirn, sein Mund war immer bitter, und das kam vermutlich daher, daß er, obwohl er schon seit sieben Jahren zur See fuhr, an Seekrankheit litt.

»Was steht uns bevor?«

»Morgen werden in Pointe-Noire dreihundert Annamiten eingeschifft.«

Donadieu war daran gewöhnt, die Neuigkeiten von seinem Krankenpfleger zu hören. Eigentlich hätte er als erster unterrichtet werden müssen. Aber… na ja!

»Da gibt's wieder Tote!« brummte Mathias.

»Hast du noch Serum?«

Es war nicht das erste Mal, daß Gelbe eingeschifft wurden. Ein paar Tausend von ihnen waren nach Pointe-Noire gebracht worden, um beim Bau der Eisenbahnlinie mitzuarbeiten. Die Neger hatten es nicht durchgehalten. Ab und zu wurden einige über Bordeaux mit einem Schiff in den Fernen Osten in ihre Heimat zurückgeschickt.

Donadieu zündete sich eine Zigarette an, ging eine Weile, wie er es gewohnt war, in seinem Sprechzimmer auf und ab, wo Mathias seine Koje hatte, und begab sich wieder aufs Deck erster Klasse. Es kam ihm so vor, als würde sich das Schiff nach steuerbord neigen, doch das wunderte ihn nicht; es kam oft vor, je nach Ladung steuerbords oder backbords.

Sie hatten Le Chaudron hinter sich gelassen und erreichten die Flußmündung, und um sechs Uhr wurde es übergangslos Nacht, wie immer am Äquator. Die Hitze wurde feuchter und noch unerträglicher.

Zwei weiße Gestalten lehnten an der Reling, der Chefmaschinist und der kleine Neuville. Sie sprachen leise miteinander, und der Arzt gesellte sich zu ihnen.

»Ich bin sicher, daß Lachaux den Schlauberger spielen wird«, sagte Neuville.

»Was ist los?« fragte Donadieu.

»Wir haben vorhin etwas gerammt, das steht fest. Ein Wassertank ist hin, und wir haben Schlagseite. Das bedeutet gar nichts, man muß höchstens den Süßwasserverbrauch für die Toiletten einschränken. Aber Lachaux ist trotzdem zum Kapitän rauf und hat Erklärungen verlangt. Er behauptet, daß bei jeder Reise irgendwas schiefgeht und daß er noch sämtliche Passagiere aufhetzen wird.«

Donadieu betrachtete im Halbdunkel den Chefmaschinisten, der eine kurze Pfeife rauchte.

»Ist die Schraubenwelle nicht ohnehin verbogen?« erkundigte er sich.

»Ganz unerheblich.«

Bereits beim Wegfahren von Dakar auf der Herfahrt hatte es einen ersten Stoß gegeben.

»Warum laufen die Pumpen jeden Tag mehrere Stunden lang?«

Der Offizier zuckte ein wenig verlegen die Achseln.

»Die Schraubenwelle hat trotz allem was abbekommen. Wir lecken ein bißchen.«

Beide waren nicht weiter beunruhigt. Neuville sah nach hinten, wo der Verrückte und seine Frau an der Reling lehnten. Es war der normale Alltag, es waren die immer gleichen Vorkommnisse.

»Haben Sie schon jemanden zum Bridgespielen gefunden?« fragte der Doktor den Zahlmeister.

»Noch nicht. Es sind zwei kleine Leutnants und ein Hauptmann an Bord, aber die wollen tanzen.«

Die drei saßen auf der Bar-Terrasse vor einem Pernod. Donadieu hatte sie bisher noch nicht bemerkt. Glichen sie sich nicht alle, auf allen Fahrten?

Nach drei Jahren Äquatorialafrika nahmen sie Urlaub. Der Hauptmann trug alle seine Auszeichnungen auf seinem weißen Uniformrock, dem Akzent nach konnte er aus Bordeaux stammen. Die beiden Leutnants waren noch keine fünfundzwanzig Jahre alt und hielten nach Frauen Ausschau.

Donadieu hatte Zeit. In drei Tagen würde er sie alle kennen.

Der Steward kam vorbei. Er schlug den Gong.

»Wer sitzt beim Kapitän am Tisch?«

»Lachaux natürlich.«

»Und bei Ihnen?«

»Die Offiziere und Madame Bassot.«

»Die Frau von dem verrückten Arzt?«

Neuville nickte etwas verlegen.

»Und ihr Mann?«

»Der ißt in seiner Kabine.«

»Dann sitzt bei mir niemand?«

»Im Augenblick nicht. In Pointe-Noire, in Port-Gentil und vor allem in Libreville werden noch Passagiere aufgenommen.«

Es war auf allen Strecken dasselbe, in Tonkin oder Madagaskar: Der Kapitän hatte den Vorsitz am Tisch der noblen Passagiere, der Zahlmeister wählte sich die hübschesten Frauen aus, und der Arzt aß während der ersten Tage allein mit dem Maschinisten.

Und wenn dann neue Leute an Bord kamen, zweitrangige Leute, wurden sie ihm aufgehalst!

Der junge Mann mit der besorgten Miene kam vorbei. Er war auf der Suche nach seiner Kabine.

»Wer ist das?« wollte Donadieu wissen.

»Ein kleiner Angestellter aus Brazza. Zweite Klasse. Aber er hat ein krankes Kind, und wir haben mit dem Kapitän beschlossen, sie in der ersten reisen zu lassen.«

»Hat er auch eine Frau?«

»Sie bleibt in der Kabine bei dem Baby. Kabine sieben, das ist die größte. Sie heißen Huret, glaube ich.«

Sie rauchten schweigend ihre Zigarette zu Ende und warteten auf den zweiten Gongton. Der Verrückte kam vorüber, am Arm seiner Frau, die dem Zahlmeister ein flüchtiges Lächeln zuwarf. Der Gatte ließ sich widerwillig mitschleppen. Bevor sie die Gänge betraten, blieb er zögernd stehen, doch sie flüsterte ihm etwas zu, und er fügte sich.

»Sind bei den Zwischenlandungen Leute angekündigt?«
»In Dakar sind wir vollzählig.«

Sie trennten sich, um sich die Hände zu waschen, bevor sie in den Speisesaal gingen. Als Donadieu hineinkam, saß der Kapitän bereits allein an seinem Tisch. Er kam immer als erster. Mit seinem schwarzen Bart ähnelte er eher einem Professor aus dem Quartier Latin in Paris als einem Seemann.

In einer anderen Ecke saß Huret ebenfalls allein an einem kleinen Tisch. Man hatte ihm bereits die Suppe serviert, und er löffelte sie aus, während er mit leerem Blick vor sich hin sah.

Lachaux kam herein, schnaufend und hinkend, setzte sich zum Kapitän, faltete breit seine Serviette auseinander, schnaubte noch einmal und rief den Kellner.

Die Atmosphäre im Speisesaal war öde. Die Ventilatoren verursachten ein ständiges, ermüdendes Zittern in der Luft. Als das Schiff den Fluß verließ, spürte man ein leichtes Schlingern.

»Reis und Gemüse«, bestellte der Chefmaschinist, der dem Doktor gegenübersaß.

Abends aß er sonst nichts. Das übliche Menü ließ er mit angewiderter Miene an sich vorbeiziehen.

Die drei Offiziere kamen jetzt herein, konnten sich für keinen Tisch entscheiden und folgten schließlich dem

Wink des Kellners. Sie sprachen lauter als die anderen Gäste.

»Ist der Koch an Bord gut?« fragte der Hauptmann mit den Orden.

»Er ist ausgezeichnet.«

»Wir werden ja sehen! Bringen Sie die Speisekarte!«

Zuletzt kam der Zahlmeister mit Madame Bassot, die ein schwarzes Seidenkleid trug. Es war nicht unbedingt ein Abendkleid, aber auch keines für tagsüber. Vermutlich hatte sie es in Brazzaville selbst geschneidert, nach einem Schnitt aus einer Modezeitschrift.

Donadieu aß schweigend, und wenn er sich auch nicht die Mühe machte, die anderen Gäste zu beobachten, die verstreut in dem viel zu großen Saal saßen, so wußte er doch schon jetzt, wie die Reise verlaufen würde. Alle drei bis vier Tage würde man neue Passagiere aufnehmen, aber die ursprüngliche Gruppe, die Handvoll Leute, die jetzt hier im Speisesaal saßen, würde der harte Kern bleiben.

Da war der lärmende Tisch der Jungen, an dem die Offiziere und Madame Bassot saßen.

Da war der feine Tisch des Kapitäns mit dem griesgrämigen Lachaux, der bis Bordeaux unausstehlich sein würde.

Da waren Huret, der sich wahrscheinlich von der Gesellschaft fernhalten würde, und seine Frau, die mit dem schwerkranken Baby in einer Kabine eingeschlossen blieb.

Da war der Verrückte, den Mathias während der Essenszeiten bewachte…

Die Neger auf dem Zwischendeck existierten praktisch nicht. Ab morgen würden Gelbe auf dem Schiff sein, die jede Nacht Würfel spielten, und am dritten oder vierten Tag würde Donadieu wegen irgendeiner Infektionskrankheit zu ihnen gerufen werden.

Es war nur das Surren der Ventilatoren zu hören, das Geräusch der Gabeln auf den Tellern, die gedämpfte Stimme von Lachaux und Madame Bassots Lachen. Sie war eine brünette und füllige junge Frau, eine von denen, die unter ihren Kleidern stets nackt zu sein scheinen und immer feuchte Lippen haben.

»In Bordeaux muß das Schiff sicher auf Trockendock«, sagte die gleichgültige Stimme des Maschinisten. »Hatten Sie heuer schon Ihren Urlaub?«

»Ja.«

»Ich kann mir nicht vorstellen, wie die das machen wollen. Zwei Schiffe außer Betrieb.«

»Sie schicken mich wahrscheinlich auf die Route nach Saigon. Die ist mir auch lieber.«

»Ich hab sie erst einmal gemacht. Es ist jedenfalls nicht so heiß.«

»Das ist es nicht«, erwiderte Donadieu nur. »Haben Sie geraucht?«

»Nein. Ich hatte keine Lust.«

»Ah.«

Man wußte, daß er rauchte, nur mäßig im übrigen, zwei oder drei Pfeifen am Tag. War das Opium der Grund für seine ruhige Gemütsart? Er mischte sich in nichts ein, blieb immer gelassen und ruhig; höchstens eine gewisse Steifheit war an ihm, die man der protestantischen Herkunft seiner Familie zuschrieb, einer alten Familie aus Nîmes.

So trugen die anderen Offiziere Militärröcke mit Revers, die das Hemd und die schwarze Seidenkrawatte sehen ließen, während er sich solche mit Stehkragen angewöhnt hatte, die ihm das Aussehen eines Pastors verliehen.

Der junge Huret war ärmlich gekleidet und antwortete dem Kellner, der ihn mit einer Spur Herablassung behandelte, nur befangen.

Der Hauptmann und die Kolonialinfanterie-Leutnants aßen von allem, was es gab, etwas von jedem der fünf oder sechs Gerichte, die auf der Karte standen, und gegen Ende der Mahlzeit wurden ihre Stimmen lauter vom Wein.

Lachaux, der neben dem Kapitän saß, ähnelte einer großen dicken Kröte, er hatte die Serviette um den Hals gebunden und kaute geräuschvoll. Übrigens machte er das absichtlich. Als er in Afrika ankam, war er nur ein Hilfsarbeiter aus Ivry gewesen, der lediglich ein Paar Schuhe besaß. Jetzt war er einer der reichsten Kolonisten in Äquatorialafrika.

Das hinderte ihn nicht daran, auf einem alten Kahn auf dem Strom und den Flüssen zu leben, wo er ausschließlich Neger zu Bediensteten hatte. Monatelang machte er so die Runde durch seine Niederlassungen, teils per Schiff, teils mit einem Tipoi, das die Schwarzen ruderten.

Man erzählte sich eine Menge Geschichten über ihn. Es wurde behauptet, er habe anfangs Dutzende, vielleicht sogar Hunderte von Negern getötet und zögere auch jetzt nicht, jeden zu erschlagen, der sich etwas zuschulden kommen ließ. Seine weißen Angestellten waren die schlechtbezahltesten der Kolonie, und er hatte immer ein Dutzend Prozesse mit ihnen laufen.

Er war fünfundsechzig Jahre alt, und Donadieu, der sich, wenn er ihn so ansah, seinen schlechten Gesundheitszustand vorstellen konnte, fragte sich, wie lange er ein solches Leben wohl noch durchhalten konnte.

»Dem Kapitän geht er ganz schön auf die Nerven!« bemerkte der Chefmaschinist.

Weiß Gott! Kapitän Claude, genau und pünktlich und sorgfältig bedacht auf Einhaltung der Regeln, haßte nichts mehr als Einzelgänger in der Art Lachaux'. Dennoch mußte er ihn an seinen Tisch bitten. Er sprach wenig, aß wenig, sah niemanden an. Kaum hatte er sein Mahl beendet, stand er auf, grüßte mit einer knappen Verbeugung und begab sich wieder auf seine Brücke oder in seine Kajüte.

Donadieu saß noch eine Weile mit dem Maschinisten im Speisesaal. Als er auf Deck kam, war das Schiff auf offener See. Leises Wellengeplätscher zog sich den Rumpf entlang. Der Himmel hing tief und war bedeckt, nicht mit Wolken, sondern von einem über allem hängenden Dunst.

Von achtern her war Musik zu hören.

Es war die Uhrzeit, zu der Donadieu mit seinen langen Schritten zehnmal um das Deck herumging, bald durch Dunkel, bald durch Licht, und alle drei Minuten an der Bar vorbeikam.

Als er das erstemal vorüberkam, spielte der Plattenspieler einen Tango, doch niemand tanzte. An einem Tisch auf der Terrasse hatten der Hauptmann, die drei Offiziere und Madame Bassot Champagner bestellt. In einer Ecke allein saß ein Mann, den der Arzt aber nicht erkennen konnte.

Bei der zweiten Runde war der Champagner in den Gläsern, und die einsame Gestalt war Huret, der den Kaffee trank, zu dem ihn seine Fahrkarte berechtigte.

Beim dritten Mal tanzte der Zahlmeister mit Madame Bassot, und die Leutnants ermunterten sie mit Zurufen.

Um das Schiff herum waren Dunkelheit und Stille. Auf dem Deck der zweiten Klasse sah man lediglich ein Pärchen an der Reling stehen.

Donadieu ging weiter. Am Bug sah er auf das Deck der dritten Klasse hinunter. Die Neger lagen durcheinander auf der Decke des Laderaums, die Negerin lag ebenfalls am Boden und hielt ihr Kind in den Armen.

Er konnte nicht alle zehn Runden zu Ende bringen. Bei der neunten – Madame Bassot tanzte gerade mit dem Hauptmann – kam ein Steward zu ihm.

»Es ist die Dame von Nummer sieben. Sie hat Angst, weil das Baby offenbar nicht mehr atmet. Ich hole ihren Mann.«

»Sagen Sie ihr, daß ich mit ihm runterkomme.«

Donadieu ging zu Huret und flüsterte ihm ins Ohr:

»Kommen Sie bitte mit. Anscheinend geht es dem Kind nicht gut.«

Die Leutnants lachten schallend, weil ihr Hauptmann, der zwanzig Jahre älter war als sie, versuchte, einen Biguine zu tanzen. Der Zahlmeister betrachtete grinsend Madame Bassots Hintern, der sich beim Tanzen plastisch unter dem Kleid abzeichnete.

2

Der Weg zur Kabine 7 war ziemlich weit. Huret ging nervös voran und drehte sich in den Gängen an jeder Ecke fragend nach dem Doktor um, ob er auch den richtigen Weg gehe.

Er hatte stets gerunzelte Augenbrauen und ein unglückliches Gesicht. Es war Donadieu noch nicht gelungen, diesen komplexen Gesichtsausdruck zu definieren, die Nervenanspannung und verkrampfte Aufmerksamkeit, die Sehnsucht nach etwas Unbestimmtem. Schien er nicht jederzeit zu einem Ausbruch bereit, sei es von Zorn oder von Zärtlichkeit, so wie ein Revolver, wenn der Finger am Abzug ist, jederzeit losgehen kann?

Sein weißer Drillichanzug war nicht schlecht geschnitten, aber der Stoff war billig. In seiner ganzen Haltung lag etwas peinlich Mittelmäßiges.

Huret war vermutlich vierundzwanzig oder fünfundzwanzig Jahre alt, groß und gut gebaut; nur durch seine herabhängenden Schultern verlor seine Gestalt an Kraft.

Plötzlich öffnete er eine Kabinentür, und man hörte eine Frauenstimme sagen:

»Ach, du bist es...«

Auch Donadieu trat ein. Die paar Worte hatten genügt, damit er Bescheid wußte, und so war es auch mit der Haltung der Frau, die ihm den Rücken zuwandte und sich über ein Bett beugte.

»Was hat es?« fragte Huret mit bitterem Tonfall.

Er haderte ganz offensichtlich mit dem Schicksal.

Donadieu schloß langsam die Tür hinter sich und atmete nur widerstrebend die dumpfe Luft ein, die durchtränkt war vom süßlichen Geruch des kranken Babys. Es war eine Kabine wie alle anderen, mit lackierten Wänden. Rechts waren zwei Betten übereinander, in dem Bett, das links allein stand, lag das Baby.

Madame Huret drehte sich um. Sie weinte nicht, doch es war zu spüren, daß sie jeden Moment in Tränen ausbrechen konnte. Ihre Stimme klang tonlos.

»Ich weiß nicht, was es gehabt hat, Doktor. Es hat einfach nicht mehr geatmet.«

Ihr braunes Haar, im Nacken nur lose zusammengehalten, umrahmte weich ein blasses Gesicht. Ob sie schön oder häßlich war, hätte man nicht sagen können; sie war in erster Linie müde, krank vor Müdigkeit. Sie hatte jeden Reiz verloren und dachte auch nicht daran, ihre Bluse zuzuknöpfen, aus der eine schlaffe Brust hervorsah.

Zu dritt konnten sie sich in der Kabine kaum bewegen. Der Arzt beugte sich einen Augenblick zu dem mühsam atmenden Kind hinunter.

»Wie alt ist es?«

»Sechs Monate, Doktor. Aber es ist einen Monat zu früh geboren. Ich wollte es selber stillen.«

»Setzen Sie sich«, sagte er zu der Frau.

Huret blieb am Fenster stehen. Er blickte auf das Kind, ohne es wahrzunehmen.

»Ich glaube, niemand hat je gewußt, was es wirklich hat. Schon in den ersten Tagen hat es die Milch nicht behalten. Danach hat man es mit Kondensmilch ernährt, und ein paar Tage war es besser. Dann hat es Koliken gekriegt. Der Arzt in Brazza hat gesagt, daß wir es verlieren werden, wenn wir noch länger in Afrika bleiben.«

Donadieu sah sie an und darauf ihren Mann.

»War es Ihr erster Aufenthalt?« fragte er diesen.

»Ich war schon mal drei Jahre unten, bevor ich geheiratet habe.«

Anders ausgedrückt, war er knapp zwanzig Jahre alt gewesen, als er nach Äquatorialafrika ging.

»Beamter?«

»Nein. Ich bin Buchhalter bei der s.e.p.a.«

»Es war seine Schuld«, warf Madame Huret ein, »ich habe ihm immer geraten, in die Verwaltung zu gehen.«

Sie biß sich auf die Lippen, den Tränen nahe, und ihr Mann ballte die Fäuste.

Donadieu begriff das Drama. Er stellte noch eine Frage.

»Ist Ihr zweiter Aufenthalt zu Ende?«

»Nein.«

Huret hatte wegen des Kindes seinen Vertrag gebrochen und war daher vermutlich nicht ausbezahlt worden.

Da gab es nichts zu tun. Donadieu war machtlos angesichts des Babys, das unter dem Klima erstickte und das sich dennoch mit allen Kräften seines schwächlichen und bleichen Körpers ans Leben klammerte.

»Eine Hoffnung bleibt Ihnen«, sagte er und stand auf, »die, daß es immerhin sechs Monate gelebt hat. In drei Wochen verlassen wir die Tropen.«

Die Frau lächelte skeptisch. Er betrachtete sie genauer.

»In der Zwischenzeit müssen Sie auch sich selber pflegen.«

Der Geruch war ihm unerträglich. Auf dem oberen Bett hingen Windeln zum Trocknen, die Madame Huret sicher in der Toilette gewaschen hatte. Donadieu sah, daß Hurets Blick angstvoll wurde, daß er schwer atmete und seine Nasenflügel sich zusammenzogen.

Seit einer Stunde schwankte das Schiff. Es war hoher Seegang.

Als ihm übel wurde, hatte Huret nicht mehr die Zeit, aus der Kabine zu kommen, gerade noch die, eine Tür aufzureißen und sich über das Waschbecken zu beugen.

»Entschuldigen Sie, daß ich Sie habe kommen lassen. Ich weiß, daß man nichts tun kann. Das hat mir der Arzt dort auch schon gesagt. Trotzdem...«

»Es ist nicht gut für Sie, wenn Sie den ganzen Tag in dieser Kabine bleiben.«

Während Huret sich erbrach, ging Donadieu hinaus. Eine Weile blieb er noch im Gang stehen, dann ging er langsam die Treppe hinauf. Ein goldfarbener Mond war aufgegangen und verbreitete sein Licht über die weiten Wogen des Meeres. Vom Achterdeck tönte Hawaii-Musik herüber und unterstrich noch die billige Romantik der Szene.

Waren nicht alle da, auch der chinesische Barkeeper, auch Madame Bassot, die mit dem Zahlmeister in seiner weißen Uniform tanzte?

Der Doktor machte noch zweimal die Runde ums Deck, dann ging er hinunter in seine Kabine, entkleidete sich, machte das Deckenlicht aus und ließ nur eine Öllampe als Nachtbeleuchtung brennen.

Es war seine Stunde. Mit bedächtiger Langsamkeit bereitete er sich eine Pfeife Opium und begann sie zu rauchen. Nach einer halben Stunde konnte er in aller Ruhe an das Baby denken, an dessen Mutter und an Huret, der zu allem Überfluß auch noch seekrank war.

Als der Steward an seine Tür pochte und ihm mitteilte, daß es acht Uhr war, hatte man bereits damit begonnen, die Annamiten an Bord zu nehmen, die von da an der Einfachheit halber von allen »Chinesen« genannt wurden. Sie kletterten wie die Affen das Fallreep hinauf und trugen fast alle Kisten auf dem Kopf. Man schob sie in Richtung Bug weiter, hakte Listen ab und rief Nummern auf, während sie vorbeigingen.

Donadieu zog sich weder schneller noch langsamer an als sonst, nahm sein Frühstück ein und begab sich dann an Deck, wo er gerade ankam, als die Passagiere erster Klasse an Bord kamen.

Es waren sehr wenige – nur eine einzige Familie. Doch es war eine reiche Familie. Der Mann mußte trotz seiner sanften und schüchternen Miene eine wichtige Persönlichkeit sein, vielleicht bei der Eisenbahnlinie Kongo–Ozean, und seine Frau war so elegant gekleidet wie die Frauen in den europäischen Großstädten. Sie hatten ein Töchterchen von sechs oder sieben Jahren bei sich, das sich bereits recht kokett benahm. Eine Kinderschwester in Uniform folgte ihm auf Schritt und Tritt.

Der Zahlmeister, der um die Neuankömmlinge herumscharwenzelte, zwinkerte dem Doktor im Vorübergehen kurz zu. Bezog sich das Zwinkern bereits auf den neuen weiblichen Passagier?

Das Fallreep wurde hochgezogen. Die Beiboote entfernten sich zu dem flachen Ufer, das aussah wie eine Lagune, während sich die dreihundert Annamiten ohne Eile und ohne Neugier auf dem Back niederließen. Die meisten trugen kurze Hosen und ein einfaches Khakihemd. Einige hatten einen Tropenhelm auf, andere ließen ihr bürstenartig geschnittenes, schwarzes und dichtes Haar von der Sonne versengen. Manche wuschen sich mit nacktem Oberkörper unter dem Wasserhahn auf Deck, und die Neger drängten sich mißtrauisch oder verächtlich in einer Ecke zusammen.

Am Ende der Brücke traf Donadieu auf Huret, der dort allein spazierenging.

»Geht es Ihnen besser?« fragte er ihn.

»Wenn gerade kein Seegang ist, schon!«

Seine Antwort klang aggressiv; er sah dem Arzt nicht ins Gesicht.

»Ich hatte Ihrer Frau geraten, ab und zu frische Luft zu schnappen.«

»Sie hat heute morgen einen langen Spaziergang gemacht.«

»Um wieviel Uhr?«

»Um sechs Uhr.«

Donadieu stellte sie sich allein im Morgengrauen auf dem menschenleeren Deck vor.

»Es ist immer noch starker Seegang«, sagte Huret.

Wenn man ihn näher ins Auge faßte, sah man, daß er ein

kindliches Gesicht hatte und trotz seiner Sorgenfalten auf der Stirn ein naives und argloses Gemüt. Im Grunde war er nichts weiter als ein großer Junge, der sich mit seinen Sorgen als Mann, als Gatte und als Familienvater herumschlug.

»Leider gibt es kein Mittel gegen Seekrankheit, das wirklich hilft«, erwiderte Donadieu. »Sagen Sie Ihrer Frau, daß ich mir das Baby nachher ansehe.«

Man hatte die Fahrt wiederaufgenommen. Der Doktor begab sich in die Krankenabteilung, gab Anweisung, die Chinesen vorzuführen, und verbrachte mit Mathias zwei eintönige Stunden damit, einen nach dem anderen zu untersuchen. Sie warteten in Schlangen vor der Tür. Schon im Hereinkommen zogen sie sich aus, dann streckten sie die Zunge heraus und hielten die linke Hand hin. Seitdem sie ihr Dorf verlassen hatten, hatten sie die immer gleichen Formalitäten mindestens hundertmal über sich ergehen lassen.

Irgendwann hatte Donadieu das Gefühl, daß etwas nicht stimmte, er hätte nicht sagen können, warum. Waren die Gelben etwas weniger gleichmütig als gewöhnlich?

»Fällt dir nicht was auf, Mathias?«

»Nein, Herr Doktor.«

»Hast du sie zum Appell versammelt? Haben alle geantwortet?«

»Sie sind vollzählig.«

Donadieu blieb mißtrauisch. Er stand auf dem Backdeck und beobachtete die Gelben, die um ihn herum durcheinanderwimmelten, in den für sie bestimmten Laderaum hinunterstiegen, um ihr Eßgeschirr und ihre blechernen

Trinkbecher zu holen und vor der Küchentür erneut Schlange zu stehen.

Eine halbe Stunde später erfuhr er von einem Matrosen des Rätsels Lösung. Der hatte unten im Laderaum zwei Chinesen gefunden, die hinter den Kisten und Decken lagen und vor Fieber glühten.

Donadieu hörte sie ab, maß ihre Temperatur und begriff. Die beiden waren schwer krank. Sie waren nicht in der Krankenabteilung gewesen, dafür waren zwei ihrer Kameraden sicher zweimal erschienen, um die Zahl vollzumachen.

Jetzt hatten sie Angst, nicht nur vor dem Arzt, sondern auch vor der Krankheit. Und vielleicht noch mehr davor, isoliert zu werden, was auch alsbald geschah. Donadieu ließ sie in Kabinen der dritten Klasse bringen.

An Bord verbreiten sich Neuigkeiten schnell, ohne daß man weiß, wie. Als der Arzt auf dem Promenadendeck ankam, war eben der erste Gongschlag für das Mittagessen verklungen. In der Bar auf der Terrasse ging es beinahe fröhlich zu, alle saßen beim Aperitif. Auch Huret saß da, allein in einer Ecke. Der Verrückte im Khakimantel ging von einem Tisch zum anderen, zeigte ab und zu mit dem Finger auf ein Gesicht und murmelte zusammenhanglose Worte.

Jemand stand auf. Es war Lachaux.

»Trinken Sie etwas mit mir, Doktor?«

Donadieu konnte nicht gut ablehnen. Er setzte sich, und Lachaux betrachtete ihn mit seinem mißtrauischen Blick, der ihn nie zu verlassen schien. An einem Nachbartisch saß Madame Bassot, umgeben von den Leutnants; sie vermied es, allzuviel Fröhlichkeit oder Vertraulichkeit an den Tag zu legen.

»Was trinken Sie?«

»Einen kleinen Port.«

Lachaux' übertrieben eindringlicher Blick war peinlich. Der Kolonialbesitzer wartete, bis die Getränke serviert waren und der Barkeeper sich entfernt hatte.

»Sagen Sie, Doktor, wie beurteilen Sie den Gesundheitszustand der Annamiten?«

»Nun ja... soweit...«

»Haben Sie nichts Außergewöhnliches bemerkt? Aber vielleicht merken Sie auch nicht, daß unser Schiff Schlagseite hat.«

»Das hängt immer von der Ladung ab, und –«

»Entschuldigen Sie! Sie vergessen, daß wir gestern nach steuerbord neigten, und heute neigen wir nach backbord.«

Das stimmte. Der Arzt hatte tatsächlich nicht darauf geachtet. Auch jetzt überraschte es ihn nicht übermäßig.

»Verstehen Sie, was das bedeutet?«

»Offenbar hat man in Pointe-Noire Ladung aufgenommen.«

»Überhaupt nicht. Man hat neue Passagiere eingeschifft, aber nichts geladen. Also?«

»Was also?«

»Nun, dann werde ich Ihnen sagen, was los ist. Vielleicht wird es tatsächlich auch Ihnen verheimlicht. Auf dieser Reise hat die ›Aquitaine‹ zweimal den Grund gerammt; das erste Mal, als sie von Dakar aufgebrochen ist, das zweite Mal bei Le Chaudron. Beim ersten Mal ist eine Antriebswelle verbogen worden.«

Der Zahlmeister hatte den Tisch mit den Offizieren und der Frau des Verrückten verlassen und sich zu den neuen Passagieren gesetzt, die in Pointe-Noire an Bord gekommen waren. Er erriet jedoch, worüber Lachaux sprach, und spitzte die Ohren.

»Ich habe die Route über dreißigmal gemacht. Ich kenne das Pumpengeräusch. Die Pumpen sind die ganze Nacht über in Betrieb gewesen.«

»Sie meinen, wir sind leck?«

»Ich bin sogar sicher. Andererseits kann uns bald das Süßwasser ausgehen. Ein Tank ist hin. Gehen Sie mal in Ihre Kabine und versuchen Sie, sich die Hände zu waschen!«

»Ich verstehe nicht.«

»Ich wette, daß Sie damit keinen Erfolg haben werden. Die Wasserleitungen sind abgestellt, und in Zukunft werden wir nur noch vier Stunden täglich Wasser haben. Ich komme gerade von der Brücke, ich habe die Befehle des Kapitäns gehört.«

Auch Huret spitzte die Ohren, doch von dem Platz aus, an dem er saß, konnte er nicht alles verstehen.

»Und nun frage ich Sie noch einmal, wie Sie den Gesundheitszustand der Gelben finden, und zwar *aller Gelben*.«

Es war eine schwierige Situation. Lachaux war jemand, der nach jeder Reise Beschwerden an die Schiffsgesellschaft richtete und der dem Personal das Trinkgeld verweigerte, weil er angeblich schlecht bedient worden war.

»Es gibt nur zwei Fälle von Ruhr.«

»Sie geben es also zu!«

»Sie wissen so gut wie ich, daß das so üblich ist.«

»Aber ich bin lange genug in Afrika, um zu wissen, daß Ruhr manchmal der Name für etwas anderes ist!«

Der Arzt zuckte unwillkürlich leicht zusammen.

»Ich versichere Ihnen...«

Er log nicht. Sicher, es war schon vorgekommen, daß die Annamiten, die in Pointe-Noire eingeschifft wurden, unterwegs an einer Krankheit starben, die dem Gelbfieber ähnelte. Doch diesmal hatte er keine entsprechenden Symptome gefunden, das konnte er aufrichtig sagen.

»Sie irren sich, Monsieur Lachaux.«

»Das hoffe ich in Ihrem Interesse.«

Der Steward kam vorbei und schlug zum zweiten Mal den Gong, und die Passagiere standen nacheinander von ihren Plätzen auf und gingen in ihre Kabinen, um sich vor dem Essen frisch zu machen.

Es war ungeschickt gewesen, um diese Uhrzeit das Wasser abzustellen. Die Zimmerglocken läuteten, die Kellner mußten von Kabine zu Kabine laufen und erklären, daß es bis zum Abend kein Süßwasser geben würde.

Bei Tisch sah man besorgte Gesichter, es wurden Fragen laut, die noch nicht ängstlich klangen, jedoch auf eine beginnende gespannte Lage hinwiesen.

Der Zahlmeister hatte jetzt den Platz gewechselt und aß mit den »Neuen«, den Dassonvilles, am Nachbartisch des Kapitäns.

Es war der einzige Tisch, an dem es nach etwas Eleganz aussah. Madame Dassonville hatte bereits Zeit gehabt, sich umzuziehen. Trotz der Hitze benahm sie sich wie in einem feinen Restaurant am Strand.

Ihr Mann, Chefingenieur der Eisenbahnlinie Kongo–Ozean, war nicht älter als dreißig. Er hatte wahrscheinlich das Polytechnikum mit Auszeichnung absolviert. Nichts um ihn herum interessierte ihn. Er aß langsam und hing seinen eigenen Gedanken nach, während sich zwischen seiner Frau und dem kleinen Neuville ein Flirt anbahnte.

Lachaux war mißmutig. Der Kapitän gab ihm nur selten eine Antwort, sah in eine andere Richtung und strich sich mit seinen sehr gepflegten Händen durch den Bart.

Donadieu fragte nun seinerseits den Chefmaschinisten aus, der ihm gegenübersaß.

»Ist es wahr, daß wir leck sind?«

»Nicht eigentlich.«

»Und?«

»Kein Grund zur Beunruhigung. Ein paar Tonnen täglich.«

»Einige Passagiere sind aufgebracht.«

»Ich weiß. Der Kapitän hat es mir vorhin gesagt und mich angefleht, das Unmögliche möglich zu machen und die Schlagseite zu verringern. Das Komische dabei ist, daß die Schlagseite überhaupt nicht von Bedeutung ist. Die Leute stoßen sich daran, weil es etwas äußerlich Sichtbares ist, aber es beeinträchtigt in keiner Weise die Sicherheit des Schiffes.«

»Was werden Sie tun?«

»Gar nichts. Es gibt nichts zu tun. Es ist ein unglücklicher Zufall, daß ausgerechnet ein Tank kaputtgegangen ist. Wenn ich pumpen lasse, hören die Leute die Pumpen und glauben, daß Wasser eindringt wie durch ein Sieb. Wenn ich die Pumpen abstelle, wird die Schlagseite stärker, und sie rennen verängstigt bei den Matrosen und den Stewards herum.«

Der Maschinist war gelassen.

»Die Fahrt wird unangenehm werden«, sagte er. »Seit der Abfahrt von Matadi herrscht ein unguter Geist an Bord.«

Sie wußten beide, was das bedeutete. Sie waren daran gewöhnt.

Es gab Fahrten, die von Anfang bis Ende wunderbar verliefen, die Passagiere waren fröhlich und munter, das Meer war ruhig, und die Maschinen machten mühelos ihre zwanzig Knoten. Und es gab andere, bei denen alles schiefging, und sei es nur, daß übellaunige Nörgler wie Lachaux an Bord waren.

»Wissen Sie, was er zu seinem Kabinenjungen gesagt hat?«

»Ich kann es mir denken«, seufzte der Arzt.

»Schlicht und einfach, daß es zwei Fälle von Gelbfieber an Bord gibt. Stimmt das?«

Es fiel auf, daß der Chefmaschinist, so ungerührt er war, wenn es um das Leck ging, jetzt, da er Donadieu ausfragte, seine Furcht nur schlecht verbergen konnte.

Und es war nun an letzterem, sich unbesorgt zu geben.

»Ich glaube nicht. Ich habe sie aber für alle Fälle isoliert.«

»Haben sie Flecken auf der Haut?«

»Nein.«

Donadieu hätte wetten mögen, daß der Zahlmeister bei Madame Dassonville erreichte, was er wollte, noch bevor drei Tage um waren. Es amüsierte ihn um so mehr, als die Frau des Verrückten, vielleicht in der Hoffnung, den Zahlmeister eifersüchtig zu machen, den jüngsten der Leutnants schmachtend ansah.

»Der Arme!« sagte er und sah zu dem Ingenieur hinüber.

»Um so mehr, als er in Dakar aussteigt und seine Frau weiterfährt«, fügte der Maschinist hinzu.

Sie lächelten. Es war bei jeder Reise dasselbe!

Der Nachmittag verlief wie üblich. Alle tranken ihren Kaffee an der Bar, dann kam die Siesta in den Kabinen. Bevor er seine Jalousie herunterließ, sah Donadieu Madame Huret, die die Zeit, zu der das Deck menschenleer war, nutzte, um etwas spazierenzugehen.

Sie wirkte beklommen, weil sie sich in der ersten Klasse befand, und sah scheu die Stewards an, die vorbeikamen, als würden sie sie womöglich nach ihrer Schiffskarte fragen und sie in die zweite zurückbringen.

Sie trug dasselbe dunkle Kleid wie tags zuvor, und die Haare fielen ihr in den Nacken. Sie wagte nicht einmal, richtig zu gehen. Sie machte ein paar Schritte, lehnte sich an die Reling, ging wieder etwas weiter, nur eine kurze Strecke, blieb ratlos stehen, lehnte sich dann wieder an die Reling und blickte auf die leuchtende Oberfläche des Meeres hinunter. Ihr Tropenhelm war verschossen, ihre nackten Beine waren mit feinen Krampfäderchen überzogen.

Donadieu schloß die Jalousie, und ein goldfarbenes Halbdunkel verbreitete sich in der Kabine. Er wollte sich die Zähne putzen, erinnerte sich, daß das Wasser abgestellt war, zog sich seufzend aus und legte sich nackt auf sein Bett, wie er es immer tat.

Als an die Tür geklopft wurde und ein Knarzen der Matratze anzeigte, daß das Klopfen gehört worden war, ertönte nicht die gewohnte leise Stimme:

»Es ist halb fünf...«

Sondern eine andere Stimme, die von Mathias, und sie sagte:

»Sie müssen dringend zu den beiden Chinesen kommen!«

Um fünf Uhr war der eine von ihnen gestorben. Die Tür seiner Kajüte wurde sorgfältig verschlossen. Donadieu ging zum Kapitän, um Meldung zu machen, und sah unterwegs die anderen Annamiten, die auf dem Backdeck auf dem Boden saßen und fast alle Würfel spielten.

Was sie nicht daran hinderte zu bemerken, daß er vorbeiging. Von allen Seiten waren schwarze Augenpaare auf ihn gerichtet; sie waren weder unruhig noch unverhohlen neugierig, nicht einmal feindselig. Sie hatten bereits in Pointe-Noire so viele Kameraden sterben sehen...

Donadieu ging ein wenig verlegen durch die beieinandersitzenden Gruppen, stieg dann über die Neger hinweg, die unterhalb der Treppe schliefen, und machte einen Umweg, um Lachaux auszuweichen, der in einem Korbsessel saß.

Auf dem Oberdeck kam er an der Funkstation vorbei, deren Tür offenstand. Von drinnen, wo im Gegensatz zu der Helle draußen undurchdringliches Dunkel herrschte, rief eine Stimme:

»Tot?«

Alle wußten es natürlich schon! Auch der Kapitän, der sich eben nach seiner Siesta anzog, fragte:

»Flecken?«

»Nein. Amöbenruhr.«

Sogar der Kapitän war mißtrauisch und wollte ihm nicht recht glauben.

3

Der tote Chinese wurde um sechs Uhr morgens im Meer versenkt. Um genau zu sein, die für sechs Uhr morgens vorgesehene Zeremonie fand fünf Minuten vor sechs Uhr statt, und das war kein Zufall.

Die Annamiten waren benachrichtigt worden, und man hatte ihnen erlaubt, eine Abordnung von vier Mann zu schicken. Sie erschienen noch vor Tagesanbruch als erste auf dem Achterdeck. Um sie herum schrubbten die Matrosen lärmend das Deck, und in einigen Kabinen – denen der Offiziere, die an der Zeremonie teilnehmen mußten – brannte Licht.

Donadieu kam sehr langsam auf Deck. Er war schlechter Laune, denn er änderte nur äußerst ungern seine Gewohnheiten. Kurz nach dem Arzt kam im Anzug der Kapitän herunter und drückte ihm die Hand.

Zwei Seeleute trugen den notdürftig zusammengezimmerten Sarg, und die ersten Sonnenstrahlen, die das metallisch glänzende Meer aufleuchten ließen, fielen auf das grobe Holz.

Zwei- oder dreimal blickte der Arzt zum Bug, wo leise Geräusche zu hören waren. Sicher postierten sich die Chinesen trotz des Verbots überall, wo sie etwas sehen konnten.

Der Kapitän sah auf die Uhr, und Donadieu wußte, warum: Man wartete noch auf den Zahlmeister, der auch endlich erschien. Er war jedoch nicht allein. Madame Dassonville begleitete ihn.

Der Kapitän und der Doktor wechselten einen Blick. Als die junge Frau näher kam, verbeugten sie sich kühl, und Neuville machte ein verlegenes Gesicht.

Es waren noch fünf Minuten bis sechs Uhr, doch der Kapitän nahm hastig seine Mütze ab, zog ein kleines, schwarz gebundenes Buch aus der Tasche und begann die Totengebete zu lesen.

Es kam keine feierliche Stimmung auf. Die Anwesenheit von Madame Dassonville, die abends zuvor beim Bridgespielen den Zahlmeister überredet hatte, sie an der Zeremonie teilnehmen zu lassen, brachte eine falsche Note in den Vorgang.

Und bald wünschte sich Donadieu, es möge noch schneller zu Ende gehen, denn auf dem Promenadendeck über ihnen erschien eine weitere Gestalt, jemand, der vom Tod des Annamiten keine Ahnung hatte.

Es war Madame Huret, die wie immer früh am Morgen ihren Spaziergang machte und stehenblieb, als sie einen Sarg entdeckte, um den Leute in Uniform standen.

Der Sarg wurde auf eine Gleitbahn gehoben, ein Matrose gab ihm einen Stoß, und er nahm, erst langsam, dann zunehmend schneller, seinen Weg ins Meer. Ein paar Meter fiel er noch durch die Luft. Die vier Annamiten standen reglos da und wie abwesend.

Beim Aufprall auf das Wasser geschah etwas, was nur äußerst selten vorkam, vor allem, wenn das Meer ruhig war. Als der Sarg auf der Oberfläche landete, brach er auseinander. Madame Huret sah es von oben als erste und stieß einen Schrei aus, während sie beide Hände an die Schläfen drückte.

Der Kapitän hatte die Geistesgegenwart, dem Wachoffizier ein Zeichen zu geben, er solle die Fahrt beschleunigen.

Die vier Annamiten lehnten sich über die Reling, und Madame Dassonville beugte sich vor und zeigte auf etwas Helles, das im Kielwasser der ›Aquitaine‹ schwamm.

Damit war die Sache beendet. Der Kapitän grüßte noch einmal steif. Hinter der jungen Frau machte der kleine Neuville eine Geste, als wollte er sagen, daß er nichts dafür könne. Donadieu stieg zu dem Chinesen hinunter, der noch lebte. Er lag unbeweglich da, starrte an die Decke und wartete darauf, daß die Reihe an ihm war.

Die Sonne war mittlerweile aufgegangen. Streifen heißen Dampfes zogen über die Meeresoberfläche hin. Im Umkreis war nichts zu hören als das monotone Stampfen der Maschinen.

Donadieu war unschlüssig, ob er sich noch einmal hinlegen sollte. Er ging aufs Promenadendeck. In der Mitte angekommen, hörte er verwundert Frauenstimmen. Als er um die Ecke bog, entdeckte er Madame Huret und Madame Dassonville im Gespräch.

Er wollte vorbeigehen, ohne etwas zu sagen, doch Madame Hurets Blick hielt ihn zurück, er blieb stehen und erkundigte sich nach einer kleinen Weile:

»Hat der Kleine eine gute Nacht gehabt?«

Sie wollte lächeln, um ihm zu danken, doch das Schauspiel, dem sie eben beigewohnt hatte, hatte ihre Nerven derart erschüttert, daß ihre Lippen nicht aufhören konnten, heftig zu zucken.

Madame Dassonville glaubte betonen zu müssen:

»Ich kann sie gut verstehen, Doktor. Das mitansehen zu müssen, wenn man selbst einen Kranken bei sich hat... Es gibt offenbar noch einen anderen Chinesen, der im Sterben liegt...«

»Nein, Madame.«

Er gab sich zurückhaltend, ja distanziert.

Madame Dassonville tat, als würde sie es nicht bemerken, und verlor nichts von ihrer Ungezwungenheit. Trotz der Tageszeit trug sie ein hübsches blaßgrünes Seidenkleid, das gut zu ihrem rötlichen Haar paßte. Als ob sie in Paris oder sonstwo wäre, hatte sie Puder aufgelegt, Rouge auf den Wangen und geschminkte Lippen, was den Kontrast zu der jämmerlichen Erscheinung von Madame Huret noch verstärkte. Donadieu verglich sie miteinander, sah, wie gut angezogen erstere war, vor allem gesund, ein glückliches Lächeln auf den Lippen.

»Glauben Sie, daß es was ausmacht, wenn die Milch eine andere ist, Doktor? Die hier an Bord ist nicht dieselbe wie die in Brazza.«

»Nein, das macht nichts«, antwortete er.

Er verabschiedete sich. Hinter ihm ging die Unterhaltung zwischen den beiden Frauen weiter, und er fragte sich, was sie sich wohl zu sagen hatten. Madame Dassonville hatte das Gespräch eröffnet, soviel war sicher. Sie hatte auf dem Promenadendeck eine Frau gesehen, und sie wollte wissen, wer sie war.

Donadieu zuckte die Achseln. Was ging ihn das alles an? Er hatte noch Zeit vor der Sprechstunde für die zweite und dritte Klasse, und die nutzte er, um auf seinem Bett in der Kabine zu sitzen und zu lesen. Es war ein Buch von Joseph Conrad, die Handlung spielte auf einem Frachter, doch er konnte sich nicht darauf konzentrieren. Er mußte ständig daran denken, daß der junge Huret jetzt, während seine Frau auf Deck spazierenging, in seiner zu kleinen Kabine, in der es nach säuerlicher Milch roch, seine Morgentoilette machte.

Er wußte nicht, warum ihn dieser junge Mann mehr beschäftigte als die übrigen Passagiere, oder vielmehr, er zog es vor, sich darüber gar nicht erst Gedanken zu machen.

Er hatte eine seltsame Eigenschaft, wenn er sich einem Unbekannten gegenübersah, und sie hing nicht mit seinem Arztberuf zusammen, denn es war ihm schon so gegangen, lange bevor er diesen Beruf gewählt hatte.

Schon im Gymnasium, wenn er im Oktober aus den Ferien zurückgekommen war, hatte er seine neuen Klassenkameraden beobachtet, sein Blick blieb an einem Gesicht haften, und er war sicher:

»Dem wird ein Unglück geschehen!«

In jedem Schuljahr gibt es einen Toten oder Verunglückten unter den Schülern.

Es war zum Lachen. Donadieu hatte nicht das Zweite Gesicht, und seine Wahl, wenn man das so nennen durfte, fiel nicht notwendigerweise auf den, der am kränklichsten aussah. Es war etwas sehr Eigenartiges, und es wäre ihm peinlich gewesen, darüber zu sprechen, um so mehr, als er nicht unbedingt daran glaubte. Nichtsdestoweniger spürte er, daß bestimmte Menschen für Katastrophen gemacht waren wie andere für ein langes, friedliches Leben.

Und so war ihm schon am ersten Tag Hurets Gesicht aufgefallen, als er noch gar nicht wußte, wer er war und daß er ein krankes Kind hatte.

Dann hatte er erfahren, daß das Unglück bereits über den jungen Mann verhängt war. Er war verheiratet, er hatte Verpflichtungen. Sein Gehalt reichte kaum aus, um zurechtzukommen, und zu allem Überfluß war auch noch sein Kind krank geworden, und er mußte zurück nach Europa.

»Ich wette, daß sie nicht einen Sou Erspartes haben, und ich bin mir sogar sicher, daß sie Schulden haben.«

Denn sie waren der Typ Menschen, die Schulden haben und die sich vergebens abrackern, um aus der Misere herauszukommen.

Der Boy klopfte an die Tür, Donadieu zuckte die Achseln, zog seine Jacke wieder an, die er zuvor ausgezogen hatte, und fuhr sich mit der Bürste durch das Haar. Ging es ihn irgend etwas an? Als er an Kabine 7 vorbeikam, war die Tür halb offen, und er hörte streitende Stimmen.

»Desto schlimmer!« seufzte er.

Es war einer der besonders heißen Tage, kein Lüftchen wehte. Meer und Himmel schimmerten so fahl wie das Innere einer Muschel.

Donadieu renkte, so gut es ging, einen Arm wieder ein, den sich ein Passagier der dritten Klasse gebrochen hatte, als er im Gang gestürzt war. Gegen zehn Uhr ließ ihn Lachaux in seine Kabine rufen. Er saß im Pyjama, mit nackten Füßen, ein Glas Whisky in Reichweite, im einzigen Sessel.

»Schließen Sie die Tür, Doktor. Also, wie steht's mit den Chinesen?«

»Nichts Neues.«

»Behauptet man weiterhin, es sei die Ruhr?«

»Mein Bericht ist im Bordbuch. Haben Sie mich kommen lassen, weil Ihnen etwas fehlt?«

Lachaux knurrte und krempelte über seinem geschwollenen Bein die Pyjamahose hoch. Er hatte die Angewohnheit, alle Leute von unten her anzublicken, als hätte er den ständigen Verdacht, daß ihm sein Gegenüber etwas verbarg oder einen schlechten Streich spielen wollte.

»Sie wissen ebensogut wie ich, was Ihnen fehlt«, sagte Donadieu. »Wie viele Ärzte haben Sie schon aufgesucht?«

Auch das war eine Eigenart von Lachaux. Er lief zu allen Ärzten, verkündete, daß er nicht an die Medizin glaube, und erklärte dann höhnisch:

»Wir werden ja sehen, ob Sie in der Lage sind, etwas für mich zu tun!«

Im übrigen war gar nichts zu tun. Er hatte vierzig Jahre im Busch und im afrikanischen Urwald verbracht, ohne auf seine Gesundheit zu achten. Er sammelte förmlich Krankheiten, und nun verrottete er langsam an ihnen.

»Haben Sie Schmerzen?«

»Nicht mal.«

»In diesem Fall ist es unnötig, das Übel durch Medikamente zu verschlimmern.«

Donadieu wollte gehen. Lachaux hielt ihn zurück.

»Was ist Ihre Meinung…«, begann er.

Er wandte verlegen den Kopf ab und trank einen Schluck Whisky.

»Meine Meinung zu was?«

»Ja, Ihre Meinung. Ich würde gern wissen, wie lange Sie mir noch zu leben geben. Es geht Ihnen auf die Nerven, was? Sie können ruhig offen mit mir reden.«

Es war eigenartig, aber Donadieu wußte nicht, was er antworten sollte. Bei Huret wußte er nicht einmal, ob er krank war, doch er hätte geschworen, daß er nicht mehr lange zu leben hatte. Zu dem bereits in Auflösung begriffenen Körper von Lachaux fiel ihm nichts ein.

»Sie können noch alt werden«, knurrte er.

»Sie haben noch Hoffnung?«

»Ich weiß nicht, was Sie damit sagen wollen.«

»Aber ich weiß es! Nur ist es mir egal. Sie können mir sagen, daß ich morgen krepiere, und ich werde meinen Whisky genauso ruhig trinken wie jetzt.«

Auf dem Promenadendeck über ihnen dösten in den Liegestühlen zwei Geistliche, die zweiter Klasse reisten, jedoch die Erlaubnis hatten, sich dort aufzuhalten. Achtern begann ein Hockeyspiel. Neuville hatte es vorgeschlagen und erklärte es denen, die es noch nicht kannten. Die zwei Leutnants und der Kapitän waren mit von der Partie, Madame Bassot und Madame Dassonville. Donadieu war überrascht, Huret mit einem Schläger in der Hand zu sehen, und Huret war verlegen und grüßte den Doktor linkisch.

Der setzte sich in den Schatten. Die Rückstrahlung der Sonne ermüdete seine Augen, und er hielt die Lider halb geschlossen, so daß das Bild vor dem Gitter seiner Wimpern verschwamm und unwirklich wurde.

Einer nach dem anderen zogen die Spieler durch sein Blickfeld. Madame Dassonville war im selben Lager wie Huret, der sich als ziemlich geschickt erwies.

Sie trug noch immer ihr grünes Seidenkleid, und wenn sie sich im Sonnenlicht bewegte, zeichnete sich darunter ihr Körper ab, ein langgestreckter und kräftiger Körper, aparter, aber weniger sinnlich als der von Madame Bassot.

Die Offiziere gaben eindeutig der Frau des verrückten Arztes den Vorzug, deren gute Laune nie nachließ. Man konnte spüren, daß sie gierig nach Vergnügungen war, nach jeder Art von Vergnügungen, und Donadieu betrachtete, ohne sich dessen bewußt zu sein, ihre feuchten Achselhöhlen, deren Geruch er ahnte. Nach jedem Schlag lachte sie schallend, stützte sich auf einen ihrer Begleiter, zeigte ihre Zähne, ließ ihre Brust beben.

»Peng! Peng!« rief jemand neben Donadieu.

Es war sein geisteskranker Kollege, der noch immer seinen schweren Ordonnanzmantel trug. Er war noch unruhiger als gewöhnlich, doch wie immer war er allein. Er hatte an der Wand eine Spinne entdeckt, und er tat so, als würde er mit einem Revolver auf sie schießen.

»Peng! Peng!«

Gleich darauf runzelte er die Stirn. Etwas kam ihm ins Gedächtnis, er hob den Kopf.

»O ja! Coxitis… Der Schnitt…«

Er sprach schnell, es war kaum möglich, ihm zu folgen.

»Schnitt… Arterienschnitt…«

Er war annähernd mit sich zufrieden, und immer noch zwei Schritt von Donadieu entfernt stehend, spann er seine zusammenhanglosen Gedanken weiter.

»Der Blutdruck... Vierzehn... Das ist ziemlich hoch, Admiral!«

Sein Blick fiel auf Donadieu, und er lächelte ihm freundschaftlich zu, als wollte er ihn zum Mitmachen auffordern.

»Admiral... Admiral und... und Mund, Nizza, Mund, Monte, Monte Carlo... Carlowinger... Ha, ha!«

Donadieu lächelte auch, etwas anderes konnte er kaum tun, und sein Kollege schien über seine Zustimmung glücklich zu sein.

Es dauerte eine Viertelstunde, mit Hochs und Tiefs, mit wirren Bildfolgen, mit Sprüchen und Wortspielen, dann wieder schwieg er plötzlich, zog die Stirn in Falten, machte eine schmerzhafte Anstrengung und legte dann den Finger auf eine bestimmte Stelle seines Kopfes. Der Schmerz verging, und er brach in Gelächter aus, als hätte er lediglich der Welt einen tollen Streich spielen wollen.

Das war so verblüffend, daß sich Donadieu einen Augenblick fragte, ob der Arzt wirklich verrückt war oder nur eine Komödie aufführte. In jedem Fall verfügte er noch über eine gewisse Vernunft. So näherte er sich dem Barkeeper, der Donadieu einen Aperitif servierte, auf den er Lust gehabt hätte, und sagte spöttisch grinsend:

»Bring mir meinen Johannisbeersaft, Eugène! Sonst macht meine Frau wieder einen Aufstand.«

Und er trank tatsächlich den Saft, während in seinen Augen ein ironisches Funkeln blitzte.

Eine Stunde später sah ihn Donadieu in den Anblick des Töchterchens der Dassonvilles vertieft, das unter der Aufsicht seiner Gouvernante spielte.

Kurz vor dem Mittagessen erklärte der Zahlmeister:

»Ich weiß nicht, was der Kapitän beschließen wird.«

»Worüber?«

»Über Bassot. Vorhin hat ihn Madame Dassonville bemerkt, wie er um ihre Tochter herumschlich. Sie ist zum Kapitän gegangen und hat verlangt, daß er dem Verrückten den Zugang zum Promenadendeck verbietet.«

Donadieu zuckte die Achseln, doch Neuville stand der Sache nicht so gleichgültig gegenüber.

»Ist doch klar, daß der Platz eines Verrückten nicht auf dem Promenadendeck ist«, sagte er.

Er errötete unter dem Blick des Arztes.

»Es ist nicht, was Sie glauben. Es läuft nichts zwischen ihr und mir.«

»Noch nichts.«

»Egal. In Port-Gentil und in Libreville werden ja auch noch andere Kinder an Bord kommen.«

»Was hat Bassot gemacht, bevor er Militärarzt war?«

»Er war Psychiater in der Salpêtrière. Und weil er anfing, Unsinn zu treiben, hat man ihn in die Kolonien geschickt. Aber anstatt gesund zu werden –«

»Guter Gott!«

»Anscheinend hat er vor jeder Mahlzeit eine ganze Flasche Pernod ausgetrunken.«

Man hörte Madame Bassots Lachen und das Aufschlagen der Hockeyschläger auf Deck.

Beim Essen ging es lebhafter zu als an den Tagen zuvor, da die meisten Passagiere inzwischen Bekanntschaft gemacht hatten. Es ereignete sich sogar etwas Besonderes: Jacques Huret setzte sich nicht allein an einen Tisch, sondern zu den Offizieren und Madame Bassot.

Er blickte nicht mehr so finster drein. Er vergaß, daß seine Frau die ganze Zeit über in ihrer Kabine bei dem Baby saß, das von jeder Stunde auf die andere sterben konnte, und scherzte mit seinen Tischgenossen. Der Kapitän, der großen Wert auf Etikette legte, fand, daß es an diesem Tisch etwas zu geräuschvoll zuging, und zeigte einen gewissen Unwillen.

»Wie steht es mit den Tanks?« fragte Donadieu den Maschinisten, den er bei jeder Mahlzeit sah.

»Es geht. Offenbar hat der Chinese heute morgen...«

Sie aßen. Lachaux bestellte ohne jeden Grund Champagner und warf dem Doktor, der ihm wahrhaftig nichts zuleide getan hatte, einen herausfordernden Blick zu. Die Nurse und das Töchterchen der Dassonvilles aßen abseits an einem Tisch und sprachen englisch miteinander. Dassonville war beschäftigt. Er fuhr nach Dakar und dann nach Paris, um ziemlich schwierige Projekte vorzulegen, an denen er den ganzen Tag arbeitete.

Während der zwei Stunden geheiligter Siesta herrschte Ruhe. Die Matrosen nutzten sie, um die Kupferteile des Promenadendecks zu putzen. Um sechs Uhr abends sollten sie voraussichtlich in Port-Gentil ankommen, wo sie zwei Stunden Aufenthalt hatten. Als der dunkle Küstenstreifen in Sicht kam, spielten die drei Offiziere der Kolonialtruppe und Jacques Huret gerade auf der Bar-Terrasse Belote, und Madame Bassot stand auf eine Stuhllehne gestützt und sah ihnen zu. Auf dem Tisch schmolzen die Eisstücke in den Gläsern mit den Aperitifs in drei verschiedenen Farben, der Geruch von Orangen mischte sich mit dem feineren Duft von Anis.

Die ›Aquitaine‹ gab den ersten Sirenenton von sich, und aus der Bucht tauchte die Stadt auf. Sie bestand im wesentlichen aus ein paar hellgestrichenen Häusern mit roten Dächern, die sich vor dem dunklen Grün des Waldes abhoben. Zwei Lastschiffe luden Holz, das kleinere Schlepper zu ihren Flanken brachten. Die heiße Luft war erfüllt vom Knirschen der Winden und von schrillen Pfeiftönen. Der Anker, der lärmend zum Meeresgrund hinabrasselte, übertönte eine Weile die anderen Geräusche, und ein paar Minuten später kam ein Küstenwachboot längsseits.

Die Belotespieler ließen sich bei ihrer Partie nicht stören. Weiße kamen das Fallreep herauf, Hände wurden geschüttelt. Binnen kürzester Frist war es in der Bar voll und laut wie in einem europäischen Café.

Die meisten Gäste waren jedoch keine Passagiere, sondern Einwohner von Port-Gentil, die sich einmal im Monat die Zerstreuung gönnten, ihren Aperitif an Bord des Schiffes einzunehmen. Sie hatten Briefe abzugeben und Pakete an Verwandte oder Freunde.

Die Nacht brach herein, an der Küste flammten einige Lichter auf, wodurch sie näher schien. Der Zahlmeister war voll beschäftigt, er kannte alle Welt und wurde an alle Tische gerufen.

Achtern waren zwei Eingeborenenpirogen angekommen. Die eine war voller verschiedenfarbiger Fische, in der anderen häuften sich große grüne Früchte, Mangos und Avocados. Der Koch mit seiner weißen Mütze verhandelte mit den Negern, die ruhig und gelassen waren und nur ab und zu mit schriller Stimme ein paar Worte riefen.

Man einigte sich schließlich, Fische und Früchte wechselten an Deck, und den Eingeborenen wurden Geldstücke zugeworfen.

Donadieu hielt sich abseits. Ein Steward trat zu ihm.

»Der Kapitän bittet Sie, zu ihm in den Salon zu kommen.«

Er war nicht allein, er saß mit einem Militärarzt am Tisch, der den Generalsgrad hatte. Der Kapitän stellte sie einander vor, und Donadieu wurde eingeladen, sich zu ihnen zu setzen.

»Der General fährt mit uns bis Libreville. Ich habe ihn von der Forderung unterrichtet, die heute morgen an mich gestellt wurde, Doktor.«

Der Militärarzt war ein schöner Mann mit angegrautem Schnurrbart, und sein Blick hatte etwas Jugendliches bewahrt.

»Sie sind sicher meiner Meinung«, sagte er freundlich.

»In welcher Sache?«

»In der mit unserem unglücklichen Kollegen. Der Kapitän trägt eine schwere Verantwortung. Ein Passagier hat sich beschwert.«

»Sie hat ein Kind«, betonte der Kapitän.

»Madame Dassonville, ja, ich weiß.«

Der Kapitän beeilte sich hinzuzufügen:

»Im übrigen würde es auch Madame Bassot vorziehen, ihren Mann an einem sicheren Ort zu wissen.«

Wie durch Zufall kam der Verrückte gerade über das Deck. Er machte ein nachdenkliches Gesicht und sprach halblaut vor sich hin.

»Ich nehme doch an, Sie wollen ihn nicht gleich in die Gummizelle sperren?«

»Solange es nicht notwendig ist. Auf jeden Fall könnte man ihm zu bestimmten Zeiten den Zugang zum Deck verbieten.«

Cocktails wurden serviert. Donadieu trank den seinen nur zur Hälfte aus und stand auf.

»Der Kapitän soll entscheiden«, sagte er. »Ich persönlich halte Bassot für ungefährlich.«

Kurz darauf leerte sich das Schiff von den Fremden, und die Passagiere saßen im Speisesaal. Es hatte einige Veränderungen gegeben.

Der Kapitän hatte den General an seinen Tisch eingeladen, und da dieser die Dassonvilles kannte, auch diese, während Lachaux an einen anderen Tisch, an den des Zahlmeisters, verbannt wurde.

Der Zufall wollte es, daß man zweihundert Tonnen Bananen geladen hatte, die als Deckladung mitreisen mußten, und so nahm die Schlagseite noch mehr zu. Sie war so stark, daß die Tassen auf den Untertassen verrutschten.

»Das trifft sich ja prächtig!« meinte grinsend der Chefmaschinist. »Eben sagt man mir, daß ein General an Bord ist, und verlangt von mir, ich soll das Schiff grade richten, was völlig ausgeschlossen ist!«

Der zweite Chinese suchte sich diesen Zeitpunkt während des Essens aus, um zu sterben, so daß Donadieu sein Mahl unterbrechen mußte. Im Vorbeigehen registrierte er, daß Jacques Huret, der mehrere Aperitifs getrunken hatte, fröhlich war und mit sonorer Stimme sprach.

Der Doktor tauchte in die Hitze des Dritte-Klasse-Decks hinab und traf an einer Kabinentür auf Mathias.

»Es ist zu Ende«, verkündete der Pfleger. »Ich hab sein Geld unter seinem Kopfkissen gefunden.«

Es waren zweitausenddreihundert Franc, die der Mann innerhalb von drei Jahren beim Verlegen der Schwellen für die Eisenbahnlinie verdient hatte.

Für Donadieu bedeutete das eine gute Stunde Formulare ausfüllen.

4

Bei der Zwischenlandung in Port-Bouet, acht Tage nachdem sie in Matadi ausgelaufen waren, fand die erste eigentliche Begegnung zwischen Jacques Huret und dem Arzt statt. Nach Libreville hatte sich das Leben an Bord noch einmal geändert. Man hatte noch etwa vierzig Passagiere an Bord genommen, zehn oder zwölf davon reisten erster Klasse. Es war jedoch passiert, was immer in solchen Fällen passiert: Die früheren nahmen sie kaum wahr. Was jetzt an Bord kam, war bis auf wenige Ausnahmen eine anonyme Menge, ähnlich der Schülermenge der Grundschule für die Schüler der Rhetorikklasse im Gymnasium.

Der General war in Libreville geblieben und am Tisch des Kapitäns von einem Zivilbeamten abgelöst worden, einem kleinen, dürren Greis, der dreißig Jahre Kolonie hinter sich hatte und immer noch eine elfenbeinweiße Haut, gepflegte Hände und das pedantische Gehabe des gesundheitlich etwas angeschlagenen Bürokraten. Lachaux hatte wieder seinen Platz eingenommen, und die drei Männer saßen bei allen Mahlzeiten zusammen. Beamtengattinnen waren da, zwei kleine Jungen und ein Mädchen, und am Morgen nach der Abreise kam jemand auf die Idee, sie auf Deck Reigen tanzen und Kinderlieder singen zu lassen.

Schon um acht Uhr morgens hörte Donadieu die dünnen Stimmchen piepsen:

»*Frère Jacques, frère Jacques, dormez-vous, dormez-vous...*«

Er mußte sich jetzt zum Spazierengehen eine andere Uhrzeit aussuchen, denn fast immer standen überall Liegestühle. Unter den neuen Passagieren waren zwei Damen, eine davon sehr dick, die von morgens bis abends häkelten, und ein dutzendmal am Tag rollte ein Knäuel giftgrüner Wolle über das Deck.

»Jeannot! Bring mir meine Wolle zurück!«

Jeannot war einer der beiden kleinen Jungen.

Was hatte sich sonst noch verändert? Die Leutnants und der Kolonialinfanteriehauptmann spielten nicht mehr Belote. Es war eine Stunde nach der Abfahrt von Libreville geschehen. Ein Sägereibesitzer, Grenier, der gerade an Bord gekommen war, hatte ihnen beim Spielen zugesehen, während er seinen Aperitif trank. Er war Donadieu aufgefallen, weil er der einzige an Bord war, der keinen Tropenhelm trug. Außerdem sah er nicht gerade wie ein Waldläufer aus, er erinnerte einen eher an die kleinen Bars in Montmartre oder an der Place des Ternes.

Als der Doktor seinen zweiten Rundgang beendet hatte, war Grenier gerade dabei, mit den Offizieren und mit Huret, der mit von der Partie war, ein Gespräch anzufangen.

Bei seinem vierten Rundgang hatten sie begonnen, Poker zu spielen.

Von da an lief es, und Madame Bassot hatte abends alle Mühe, einen Kavalier zu finden, der mit ihr zur Musik des Plattenspielers tanzte.

Wie üblich gingen am Tisch nur die Jetons von Hand zu Hand. Erst zum Schluß wurden die Brieftaschen gezogen.

Die Atmosphäre war nicht mehr dieselbe. Niemand wollte mehr mit den Damen Hockey spielen. Das Lächeln auf den Gesichtern wurde gewollter, und Donadieu irrte sich vielleicht, aber er hatte mehrmals den Eindruck, als wollte ihm Huret eine stumme Botschaft zusenden.

Sie waren im Golf von Guinea angekommen, in dem das ganze Jahr über Seegang herrscht. Ab und zu stürzte jemand plötzlich aus dem Speisesaal, und es war klar, was das bedeutete. Später traf man ihn dann auf der Bar-Terrasse wieder, wo man ungestörter war als irgendwo sonst.

Huret verbrachte dort den größten Teil des Tages. Er war nicht ununterbrochen krank, doch an seinen bebenden Nasenflügeln war zu erkennen, daß er bei der ersten größeren Welle zur Reling stürzen würde.

Wenn er den Arzt traf, deutete er einen Gruß an wie die anderen. Und doch war dabei in seinem Blick so etwas zu lesen wie ein verschämter Hilferuf.

Ahnte er, daß sich Donadieu für ihn interessierte?

›Du solltest lieber nicht spielen!‹ dachte der Arzt.

Und er richtete es so ein, daß er an den Tischen vorbeiging, wenn die Jetons gegen Geld eingetauscht wurden, um zu sehen, ob Huret verloren hatte.

Was Madame Dassonville betraf, so war sie fast aus der Gesellschaft verschwunden. Man nahm sie kaum mehr wahr, und sie gesellte sich nicht mehr zu irgendwelchen Gruppen. Der Zahlmeister war dahintergekommen, daß sie Schach spielte, und saß stundenlang ihr gegenüber im hinteren Teil der Bar, in dem sich nie jemand aufhielt, denn die Passagiere bevorzugten die Terrasse.

Es war ein dunkler Raum mit schwarzledernen Bänken, schweren Sesseln, Mahagonitischen. Der Ventilator surrte von morgens bis abends, und nur die weiße und schweigsame Gestalt des Barkeepers bewegte sich manchmal dort.

Das Paar blieb fast gänzlich ungestört. Wenn jemand vorbeikam, warf er lediglich einen kurzen Blick durch die Scheibe und sah nur undeutliche Umrisse im Halbdunkel. Hin und wieder setzte sich Dassonville mit seinen Papieren, Plänen und Skizzen an einen Nebentisch und arbeitete, ganz unbekümmert, zwei Meter entfernt von seiner Frau.

Zwischen Donadieu und dem Zahlmeister war darüber nie gesprochen worden. Wenn sie sich trafen, fragte der Arzt nur:

»Wie geht's?«

Und der kleine Neuville antwortete mit einem Augenzwinkern, als gäbe es nur eine einzige Sache auf der Welt, die von Bedeutung war.

Das Schiff hatte immer noch Schlagseite, und die Wasserleitungen waren einige Stunden pro Tag abgestellt. Die alten Passagiere hatten sich mittlerweile daran gewöhnt, die neuen liefen dem Chefmaschinisten oder dem Kapitän hinterher und fragten:

»Stimmt es, daß ein Leck im Rumpf ist?«

Man versuchte sie zu beruhigen. Der Maschinist vollbrachte wahre Wunder, um die Neigung so gering wie möglich zu halten.

Am Morgen der Ankunft in Port-Bouet, kurz bevor Land in Sicht kam, traf Donadieu Madame Huret auf Deck, die wie jeden Morgen dort ihren Spaziergang machte. Er ging zu ihr, grüßte sie und fragte in aufmunterndem Tonfall:

»Wie geht's dem Kleinen?«

Sie hob den Kopf, und er fand, daß sie sich verändert hatte. Ihre Züge waren nicht schärfer geworden, sondern noch aufgelöster als bei der Abreise. Die Haut schien schlaffer und hatte alle Farbe verloren. Gleichzeitig war jede Anziehung verschwunden, kaum daß sich die junge Frau die Mühe machte, sich zu frisieren.

Las sie Verwunderung oder Mitleid in den Augen ihres Gegenübers? Jedenfalls schwollen ihre Augenlider an, ihr Kinn sank auf die Brust, und sie zog die Nase hoch.

»Nun ja, das Schlimmste ist ja jetzt überstanden. Sobald wir aus dem Golf draußen sind, in vier oder fünf Tagen…«

Sie wand ein feuchtes Taschentuch zwischen ihren Fingern, schniefte weiter, und eine Träne hing auf ihrer linken Wange.

»Wenn das Kind bis jetzt durchgehalten hat… Sie sind es, die Pflege braucht. Ich glaube, ich muß darauf bestehen, daß Sie mehrere Stunden jeden Tag auf Deck verbringen. Essen Sie denn auch was Anständiges?«

Hinter ihren Tränen erschien ein ironisches Lächeln, und er bedauerte, daß er diese Frage gestellt hatte.

Wie sollte sie Appetit haben, wenn man ihr das Essen in eine zu enge Kabine brachte, in der ständig Windeln trockneten?

»Vertragen Sie die See?«

Sie zuckte unmerklich die Schultern. Das hieß wohl, daß sie sich damit abgefunden hatte. Donadieu erriet, daß sie, wenn sie auch nicht so krank war wie ihr Mann, doch unter einem ständigen Schwindel litt, an zeitweiligen Schmerzen im Hinterkopf, an Würgen in der Kehle.

»Ich könnte Ihnen ein paar Bücher leihen...«

»Das ist sehr freundlich von Ihnen«, sagte sie ohne Überzeugung.

Sie wischte sich die Wangen ab und hob den Kopf, ohne sich zu schämen, daß sie rote Augen und eine glänzende Nase hatte. Ihr Blick war etwas fester.

»Können Sie mir sagen, was Jacques den ganzen Tag treibt?«

»Warum fragen Sie mich das?«

»Nur so. Oder weil ich sehe, daß er sich verändert. Er ist nervös und reizbar, er gerät über jedes Wort in Zorn.«

»Streiten Sie sich?«

»Das ist es nicht. Es ist komplizierter. Wenn er runterkommt, sieht er aus, als müßte er sich einer Folter unterziehen. Wenn ich ihn um den kleinsten Gefallen bitte, macht er ein Gesicht wie ein Verurteilter, und ihm wird schwindlig. Gestern abend...«

Sie zögerte. Sie waren allein auf Deck, man konnte die schmale Linie der Küste sehen und einige helle Flecken, die sicher Häuser waren. Eine Piroge mit rotem Segel fuhr an dem Schiff vorbei, gesteuert von nur einem Neger mit nacktem Oberkörper. Sie war so zerbrechlich, daß man sich fragte, wie sie so weit gekommen war.

»Gestern abend...?« wiederholte Donadieu.

»Ach, nichts. Sie gehen jetzt besser wieder. Ich wollte nur wissen, ob Jacques trinkt. Er läßt sich so leicht verführen.«

»Trinkt er denn sonst?«

»Das hängt von seinen Freunden ab. Wenn wir allein sind, nicht. Aber wenn er mit Leuten zusammen ist, die trinken –«

»Verträgt er Alkohol?«

»Er ist eine Zeitlang fröhlich. Aber dann ist er plötzlich traurig, findet alles ekelhaft und weint wegen jeder Kleinigkeit.«

Donadieu dachte nach und schüttelte den Kopf. Er hatte natürlich nie die Gläser gezählt, die Huret trank. Er verbrachte den ganzen Tag in der Bar, aber er trank nicht mehr als zum Beispiel die Offiziere. Zwei Aperitifs mittags, einen Likör nach dem Essen, zwei Aperitifs abends…

»Nein, ich glaube nicht, daß er besonders viel trinkt«, erwiderte der Arzt. »An Land wäre es etwas zuviel, aber an Bord, wo man nichts zu tun hat…«

Madame Huret seufzte, dann horchte sie auf, denn sie glaubte, in der Kabine, die unter ihnen lag, das Schreien eines Kindes gehört zu haben. Die anderen Kinder kamen jetzt auf Deck, und sie schrien mit ihren durchdringenden Stimmen:

»*Meunier, tu dors, ton moulin va trop vite…*«[*]

Vor der Krankenstation warteten Leute auf den Arzt.

»Wenn Sie erst in Europa sind, läuft es besser.«

»Glauben Sie?«

Donadieu brauchte keine weiteren Auskünfte, um zu

---

[*] »Müller, du schläfst, deine Mühle dreht sich zu schnell…«, französisches Kinderlied (A.d.Ü).

verstehen. Huret hatte keine Stellung mehr, und er hatte bereits von der Krise gehört.

»Was hat er gemacht, bevor er nach Afrika ging?«

»Er war in den Mühlen in Corbeil angestellt. Wir sind beide aus Corbeil.«

»Dann bis gleich«, sagte Donadieu und ging fort, nun ebenfalls seufzend.

Da war nichts zu machen! Er kannte Corbeil, denn er war früher drei Kilometer flußaufwärts in Morsang, gleich über dem Staudamm, Boot gefahren. Seine Erinnerung war eine sommerliche, an die breite und flache Seine mit ihrem friedlichen Glitzern, die Lastkähne, die schmalen Straßen von Corbeil, den Tabakladen bei der Brücke, die Mühlen auf der linken Seite mit ihren knirschenden Silos und dem feinen Mehlstaub.

Desto schlimmer für sie…

Eine Frau aus der zweiten Klasse kam zu ihm und weinte, weil sie fürchtete, auf dem Schiff niederzukommen. Sie hatte den Zeitpunkt auf einige Stunden genau ausgerechnet, und sie flehte den Doktor an, den Kapitän dazu zu bewegen, die Fahrt zu beschleunigen.

Auch da konnte er nichts machen. Auf dem Vorderdeck hatten sich die Chinesen eingerichtet. Tagsüber waren sie ruhig, pflegten sich sorgfältig, wuschen ihre Wäsche, und einige halfen beim Kochen, denn sie hatten es erreicht, sich ihr eigenes Essen zubereiten zu dürfen.

Mathias berichtete jedoch, daß es nachts schreckliche Kämpfe im Schiffsraum gab, wo sie trotz der Überwachung ihre höllischen Spiele spielten.

Vorsichtshalber hatte man ihnen ihr Geld abgenommen,

es lag im Schiffssafe. Sie besaßen alle zusammen ungefähr dreihunderttausend Franc, doch wenn man in Bordeaux ankam, würde die Aufteilung sehr ungleich sein. Die einen hatten gar nichts mehr, nicht einmal mehr ihre Schuhe, während andere bis zu fünfzigtausend Franc gewonnen hatten.

Man warf die Anker ziemlich weit vor der Küste aus, an der die See zu einer tosenden Barriere wurde. Von der Stadt war fast nichts zu sehen, ein paar Häuser und eine Mole mit Rammpfählen, an der Schaluppen lagen.

Aufgrund der heftigen Brandung lagen sie allerdings nicht dicht daran. An Bord begann jetzt ein schwieriges Manöver.

Die Beiboote mit den Eingeborenen lagen achtern auf der Höhe des Ladebaums. Die Passagiere, die von Bord gingen, begaben sich in einen lächerlich kleinen Kahn, der an die Schiffsschaukeln auf einem Jahrmarkt erinnerte.

Der Kahn wurde mit Flaschenzügen hochgehoben, schwankte einen Augenblick in der Luft hin und her und wurde in einem Boot abgesetzt.

Am Ende der Mole begann dasselbe von vorn. Ein Kran hob den Kahn mit den Passagieren hoch und setzte sie auf festem Boden ab.

Das dauerte Stunden. Die Hitze war drückender als je. Das Schiff lag vor Anker, das Schlingern war stark spürbar, und die Passagiere waren von dumpfer Angst gepackt und hatten bleiche Gesichter.

Trotzdem sprangen die Eingeborenen, hauptsächlich Araber in farbigen Kleidern und gelben Stoffpantoffeln, auf Deck wie Piraten beim Entern, knoteten Warenbündel auf und gaben dem Schiff das Aussehen eines Jahrmarkts, indem sie überall Elfenbeinnippes, Negergottheiten aus Weichholz oder schwarzem Elfenbein, kleine Elefanten, Zigarettenspitzen, Hausschuhe aus Schlangenleder und schlecht gegerbte Leopardenfelle auslegten, die einen scharfen Geruch ausströmten.

Auch die Araber rochen unangenehm nach Schweiß. Sie hängten sich an jeden und boten mit unaufhörlichem Singsang ihre Dienste an.

Der vordere Laderaum stand offen, und man lud Rohkautschuk, Kaffee und Baumwolle.

Die Passagiere hatten die Zwischenstation herbeigesehnt, um zur Ruhe zu kommen, und nun warteten sie ungeduldig auf den Zeitpunkt der Abfahrt. Er zögerte sich hinaus, denn ein hoher Beamter, der noch an Bord kommen mußte und dessen weiße Villa von fern durch die Kokospalmen am Ufer schimmerte, kam nicht. Im letzten Augenblick ließ er aus irgendeinem Grund durch einen Sekretär ausrichten, er würde mit dem nächsten Schiff reisen.

Gerade da stand Huret, der allein herumspazierte und wegen des Schlingerns hin- und herwankte, zum ersten Mal dem Doktor gegenüber und sah ihn an, als wollte er ihn ansprechen.

Die beiden Männer gingen in entgegengesetzter Richtung um das Schiff herum und mußten sich kurz darauf zwangsläufig noch einmal begegnen. Auch diesmal zögerte Huret und ging dann weiter.

Die Araber, die noch immer da waren, wurden von den Stewards dazu gedrängt, ihre Ware wieder einzupacken und das Schiff zu verlassen. Der erste Sirenenton war erklungen.

Beim dritten Zusammentreffen endlich blieb Huret stehen und nahm seine Mütze ab.

»Entschuldigung, Doktor...«

»Ja bitte?«

Donadieu war erst vierzig Jahre alt, doch er flößte Vertrauen ein; er wirkte eher wie ein Priester, von dem er ein wenig das Gebaren hatte, als wie ein Arzt.

»Entschuldigen Sie, wenn ich Sie belästige. Ich wollte Sie fragen...«

Huret war verlegen. Er war rot geworden, und sein Blick ging unstet von einem Araber zum anderen.

»Glauben Sie, daß das Kind überleben wird?«

Donadieu dachte:

›Du lügst, mein Lieber, nicht um darüber zu reden, hast du so lang nach mir Ausschau gehalten!‹

»Warum sollte es nicht überleben?«

»Ich weiß nicht. Es kommt mir so winzig und so schwach vor. Wir haben es bekommen, als wir alle beide krank waren. Meine Frau hat da unten sehr gelitten.«

»Wie alle Frauen.«

»Ich weiß nicht... Es ist schwer zu erklären.«

»Ich weiß, was Sie sagen wollen. Aber es hat nichts mit dem zu tun, was Ihnen Kummer macht.«

»Glauben Sie, daß meine Frau auch wieder gesund wird?«

»Es gibt keinen Grund, warum sie weiter leiden sollte. Sie macht eine schwere Zeit durch, aber wenn sie wieder in Frankreich ist und ein ruhiges Leben führt...«

Bei sich dachte Donadieu:

›Nun hast du aufgehört zu lügen, nun komm endlich zur Sache!‹

Huret konnte sich nicht dazu entschließen. Er konnte sich aber auch nicht von seinem Gegenüber trennen. Er schien zu fürchten, daß der Doktor ging, und beeilte sich hinzuzufügen:

»Ist sie vielleicht etwas nervenschwach?«

»Ich habe sie daraufhin nicht untersucht. Hatten Sie Malaria?«

»Ich schon. Sie nicht.«

»Sie können sie loswerden, wenn Sie in Frankreich einige Vorsichtsmaßnahmen treffen. Ihr Arzt wird Sie sicher heilen, seit ein paar Jahren ist es heilbar.«

»Ich weiß.«

Er ging immer noch nicht weg. Welcher Gedanke, welche Furcht verbarg sich hinter seiner eigensinnigen Stirn? Donadieu überlegte einen Moment, ob Huret eine geheimere Krankheit verschwieg, aber er hatte bei dem Kind keine entsprechenden Symptome gefunden.

Die Araber gingen von Bord. Neue Passagiere irrten auf Deck herum und nahmen von ihm Besitz.

»Hat meine Frau Ihnen heute morgen nichts gesagt?«

»Nichts Besonderes. Sie ist müde, und sie ist besorgt, weil Sie so nervös sind.«

Huret stieß einen kurzen Seufzer der Verzweiflung aus.

»Ah!«

»Ich weiß, daß die Hitze in der Kabine Sie krank macht, ganz offensichtlich vertragen Sie den Seegang auf Deck besser…«

Huret begriff. Einen Augenblick lang hing sein Blick an dem des Arztes, und möglicherweise war er nahe daran, sich ihm anzuvertrauen.

»Manchmal braucht es nur ein freundliches Wort, eine Geste«, fuhr Donadieu fort, der seinen Vorteil nicht verlieren wollte. »Entschuldigen Sie, wenn ich Ihnen das sage. Wenn Sie einmal zu Hause sind, brauchen Sie nur ein wenig…«

Ein wenig was? Er fand das Wort nicht. Fast hätte er Zärtlichkeit gesagt, doch das Wort schien ihm hier fehl am Platz zu sein. Wie Madame Huret heute morgen senkte nun auch ihr Mann den Kopf, und Donadieu war sicher, daß auch er feuchte Augen hatte.

Nur war er nervöser. Und die Nervosität siegte nun auch, denn seine Finger krampften sich um einen Knopf an seiner weißen Jacke, als wollten sie ihn abreißen.

»Ich danke Ihnen, Doktor.«

Jetzt ging er, und der Arzt konnte nur noch seine Runde zu Ende machen. Der Anker wurde gelichtet, das Schiff gelangte aufs offene Meer und schlingerte derart, daß sich die Passagiere an der Reling festhalten mußten. An der Bar rutschten zwei Gläser vom Tisch und zerbrachen auf dem Boden.

Lachaux stand allein bei einer Gruppe neuer Passagiere und der Gruppe der Offiziere.

Er redete, als redete er nur für sich allein, mit bitterer, schneidender Stimme, vergewisserte sich jedoch, daß man ihm zuhörte. Alle wußten, wer er war. Seine vierzig Jahre in Afrika, sein Vermögen, auch sein Platz am Tisch des Kapitäns im Speisesaal verschafften ihm Ansehen.

»Der Gouverneur war entweder schlauer oder besser informiert als wir! Zwei Kabinen waren für ihn reserviert, sein Gepäck stand im Hafen – und er ist nicht an Bord gegangen!«

Lachaux bereitete es offensichtlich Genugtuung, so zu reden, und auch, daß eine junge Frau, die keiner kannte, Besorgnis zeigte.

»Ich frage mich, ob ihn nicht die Gesellschaft gewarnt hat. Aber für uns ist das Schiff gut genug, so wie es ist, mit einem Leck im Rumpf, nicht genug Süßwasser und einer verbogenen Schiffsschraube. Sie brauchen nur hinzuhören, man merkt genau, daß eine Schraube nicht in Ordnung ist.«

Alle waren müde. Der Zwischenaufenthalt war zermürbend gewesen, mit dem unaufhörlichen Schlingern, dem Lärm der ununterbrochen arbeitenden Winden, dem Geruch der Neger und Araber, die das Schiff überfallen hatten, ihrem Schreien und Herumlaufen, schließlich der Hitze, die in dicken Schwaden vom Land herüberkam.

Männer und Frauen hatten große halbkreisförmige Schweißflecken unter den Armen. Das Eis in den Gläsern schmolz noch schneller als sonst, und schon nach ein paar Minuten waren die Getränke widerlich warm.

Auch Grenier war da, der Sägereibesitzer aus Libreville, der das Pokern an Bord eingeführt hatte. Er war weder Beamter noch Angestellter der Gesellschaft, und er tat sich keinen Zwang an.

»Glauben Sie, es besteht eine Gefahr?« fragte er Lachaux.

»Sagen wir mal, wenn hier oder im Golf von Biscaya ein

Sturm aufkommt, dann frage ich mich, wie wir ihn überstehen sollen.«

»Wenn das so ist, steige ich in Dakar aus und nehme ein italienisches Schiff. Es geht jede Woche eins nach Marseille.«

Die junge Frau hängte sich an den Arm ihres Mannes und ließ die beiden Männer nicht aus den Augen. Ihre Augen waren groß und leuchtend und schauten erschrocken drein.

»Ich wette um was Sie wollen, daß die Pumpen wieder die ganze Nacht laufen. Bei der Zwischenlandung wollten sie sie nicht laufen lassen, weil es zu auffällig ist und sie die Passagiere nicht beunruhigen wollen. Vor zehn Jahren habe ich es erlebt, daß…«

Die Leute hörten aufmerksamer zu.

»Wir waren abgetrieben worden und einen Monat auf offener See, bis wir von einem deutschen Schiff entdeckt wurden. Es waren keine Chinesen an Bord, aber Neger, und man hatte uns verschwiegen, daß die, die starben, Gelbfieber gehabt hatten.«

Als Lachaux das sagte, sah er Donadieu an, der sich hingesetzt und einen Whisky bestellt hatte.

»Und noch eine Wette mache ich! Noch vor Dakar wird es unter den Annamiten mindestens zwei neue Tote geben, und man wird uns erzählen, daß es die Ruhr ist!«

Huret, Ringe unter den Augen, lehnte an einer Säule der Terrasse und hörte zu. Als sein Blick dem des Doktors begegnete, wandte er den Kopf ab.

Als er sich zum Essen umgezogen hatte, traf Donadieu den Zahlmeister, der aus der Kapitänskajüte kam.

»Die Passagiere brauchen Unterhaltung«, erklärte er. »Morgen fangen wir mit kleinen Rennwetten an.«

Etwas in der Haltung oder im Gesichtsausdruck des Doktors fiel Neuville auf.

»Stimmt was nicht?« fragte er.

»Ich weiß nicht. Vielleicht…«

Es war nichts, ein Gefühl, nicht einmal das, ein vages Unbehagen, das keinen präzisen Grund hatte. Das Essen verlief in düsterer Stimmung. Die Passagiere, vom Seegang belästigt, verließen einer nach dem anderen die Tische, und das Pokerspiel in der Bar wurde von halblautem Getuschel unterbrochen.

5

Bisweilen errötete Donadieu seiner Gedanken wegen. Huret beschäftigte ihn in zunehmendem Maße, und das war nicht nur simple Neugier.

Was den Arzt bewegte, war komplexerer Natur und erinnerte ihn an die Fragen, die er sich einst als Kind gestellt hatte. Im Gymnasium hatte er ein ganzes Jahr lang über dem Geheimnis der Vorsehung gebrütet.

›Der Mensch handelt aus freiem Willen‹, hatte sein Religionslehrer behauptet. Aber er sagte auch:

»Gott weiß von Anbeginn der Welt, was durch alle Zeiten hindurch geschehen wird, er kennt auch die Taten des geringsten Geschöpfes.«

Der junge Donadieu begriff nicht, wie der Mensch frei sein konnte, wenn alle Wechselfälle seines Geschickes schon im vorhinein feststanden.

Huret rief nun von neuem diese Gedanken in ihm wach. Es war fast dasselbe Problem. Seitdem er ihn zum ersten Mal gesehen hatte, »fühlte« er, daß eine Katastrophe den jungen Mann bedrohte, daß sie im gegebenen Augenblick mit quasi mathematisch genauer Zwangsläufigkeit über ihn hereinbrechen würde.

Er beobachtete, wie er sich benahm, er überwachte ihn, und schließlich wurde er ungeduldig. Keine Katastrophe traf ein, nur die Stimmung wurde mit jedem Tag lastender und beängstigender.

Der Beweis, daß Donadieu sich nicht irrte, daß nicht seine Phantasie mit ihm durchging, war, daß sich fast alle an Bord ebenfalls verhielten wie vor einem nahenden Unglück.

So wie Tiere mehrere Stunden vor einem Sturm unruhig werden und sich die ganze Natur in einem Spannungszustand befindet.

Und diese Spannung war den harmlosesten Gesten anzumerken, sonst ganz normalen Verhaltensweisen.

Eines Morgens, als Madame Huret ihren Spaziergang auf dem Promenadendeck machte, konnte man die Gestalt Bassots in seinem unvermeidlichen Khakimantel auftauchen sehen. Sie begegneten sich an der Reling. Die Augen des Verrückten leuchteten auf, und anstatt seine wirren Worttiraden herunterzuleiern, sagte er nur:

»Guten Tag, liebe Schwester.«

Sie erschrak, doch verhielt sie sich ruhig, und er lehnte sich an die Reling und sprach mit ihr. Donadieu konnte nicht hören, was er sagte.

Es geschah nichts Besonderes. Es war ein ganz und gar banaler Vorgang, und doch wies das Ereignis auf die allgemeine Erregung hin. Madame Bassot erschien auf dem Promenadendeck, rannte zu den beiden hin, packte ihren Mann am Arm und zwang ihn, mit ihr zu gehen. Es kam so unerwartet und abrupt, daß Madame Huret ganz durcheinander war und mit dem Blick nach dem Doktor suchte, um sich wieder zu beruhigen.

»Was habe ich ihm getan?« fragte sie.

»Nichts. Sie haben nichts zu befürchten. Die Passagiere sind nervös.«

Er wartete auf die Explosion. Doch der Vormittag verlief ruhig. Der Seegang war nicht allzu stark, und überall auf Deck spielten Frauen in weißen Kleidern Hockey. Um elf Uhr begannen zwei Matrosen mit den Vorbereitungen für das kleine Pferdewettrennen, das am Nachmittag stattfinden sollte, und es war eine Ablenkung, ihnen zuzusehen. In einer Ecke bei der Bar wurde ein Häuschen mit einem Schalter aufgebaut, über dem stand: »Rennwetten«.

Auf Deck wurde mit Kreide eine Rennbahn aufgezeichnet, und die Felder wurden numeriert.

Die Kinder interessierten sich vor allem für die Pferde aus Karton, mit denen sie gern gespielt hätten, die aber für die Erwachsenen bestimmt waren.

Der einzige Zwischenfall wurde durch den Verrückten verursacht, der den Kindern beim Spielen zusah. Madame Dassonville rief ihre Gouvernante und sagte laut:

»Solange dieser Mensch hier herumläuft, will ich nicht, daß meine Tochter sich auf Deck aufhält.«

Die anderen Mütter, die noch keinen Verdacht geschöpft hatten, schlossen sich zu einer verängstigten Herde zusammen. Bassot merkte nicht, daß er der Mittelpunkt der Aufmerksamkeit war, irrte zwischen den Kindern umher und sprach mit sich selbst.

Als eine der Frauen auf die Kommandobrücke zuging, wußten alle Bescheid. Ein paar Minuten später ging das Gerücht durch die Bar:

»Der Verrückte hat gesagt, daß er die Kinder, wenn sie noch mal soviel Lärm machen, über Bord wirft.«

Stimmte es? Stimmte es nicht? Donadieu konnte es nicht herausfinden. Jedenfalls kam der Kapitän herunter und ging auf Bassot zu, der die Bedrohung spürte, denn er machte ein paar Schritte rückwärts. Der Kapitän nahm ihn am Arm und zog ihn mit sich fort.

Das war alles.

»Man hat ihn in seiner Kabine eingesperrt«, vernahm man beim Aperitif.

Madame Bassot erschien. Sie war in hellster Aufregung, setzte sich an den Offizierstisch, und man hörte, wie sie sagte:

»Ich kann nicht mehr! Wenn nicht bald etwas unternommen wird, kümmere ich mich nicht mehr um ihn. Wenn was passiert, kann ich auch nichts dafür!«

»Ist er bösartig?«

»Mir gegenüber schon. Eben hat er mir vorgeworfen, ich hätte den Kapitän gerufen, denn er glaubt immer, daß ich an allem schuld bin.«

Lachaux, der mit schweißglänzendem Gesicht in seinem Korbstuhl saß, schien die allgemeine Beunruhigung mit boshaftem Vergnügen zu genießen.

Nur Huret war ruhig. Er vermied den Blick des Doktors und trank nur einen Aperitif.

Um vier Uhr begannen die Wetten. Man war bemüht, die echten Pferderennen und vor allem die Wetten so realistisch wie möglich zu kopieren.

Zuerst wurden die Tiere versteigert. Da der Erlös für die Waisen von Seeleuten bestimmt war, wandte man sich an Lachaux in der Hoffnung, er würde die Preise in die Höhe treiben, doch er kaufte das erste Pferd für nur hundert

Franc, während Grenier, der Sägereibesitzer, als einziger eine gewisse Spannung in die Versteigerung brachte.

Als die Pferde auf ihren Plätzen waren, wurde die Wette eröffnet, und Donadieu sah Huret bescheiden zehn Franc setzen.

Die Erwachsenen, die um die mit Kreide gezogene Bahn herumstanden, drängten die Kinder zurück, die sich durchschlängeln und auch etwas sehen wollten.

Der Zahlmeister betraute Madame Dassonville damit, die Würfel zu werfen, und an der Art, wie er es tat, war zu merken, daß es bereits vorher abgemacht war. Übrigens bewegte sie sich am anmutigsten und ungezwungensten von allen.

Jedem Würfelwurf entsprach das Vorrücken eines Pferdes, und bald bildeten sich Abstände zwischen den Kartonpferden auf der Bahn.

Zum ersten Mal waren auf diese Weise alle Passagiere versammelt, und Leute, die nie ein Wort miteinander gewechselt hatten, kamen nun ins Gespräch. Auch der Kapitän hatte sich für ein paar Minuten eingefunden.

Während die Gewinne des ersten Rennens ausgezahlt wurden, entdeckte der Arzt Huret im Gespräch mit Madame Dassonville. Das war überraschend, um so mehr, als er recht fröhlich und selbstsicher war. Der Zahlmeister war vollauf beschäftigt. Donadieu folgte dem Paar mit den Augen und sah, wie sich beide an einen Tisch setzten und etwas bestellten.

Es war beinahe ein Hohn auf die Weissagung Donadieus, der einen ganz anderen Huret entdeckte als den fiebrig erregten jungen Mann der letzten Tage. Nach dem

Lachen der jungen Frau zu schließen, machte er geistreiche Witze.

Er schien glücklich und hatte nicht die angespannten Gesichtszüge, die ihm gewöhnlich das leidende Aussehen verliehen.

Erriet er die Gedanken des Arztes, der ihn beobachtete? Ein Schatten zog über sein Gesicht, doch im nächsten Augenblick fand er wieder zu seiner jugendlichen Heiterkeit zurück.

So wie er jetzt war, sah er keineswegs häßlich aus. Er war sogar ein recht hübscher Junge, mit etwas Kindlichem und Zärtlichem im Blick, auf den aufgeworfenen Lippen, in seiner Art, den Kopf nach vorn zu neigen. Auch Madame Dassonville bemerkte es, und Donadieu war sicher, daß sie dasselbe dachte wie er.

›Jetzt wird er eine Dummheit machen‹, dachte er. ›Um sie zu beeindrucken, wird er groß ins Spiel einsteigen, im zweiten Rennen ein Pferd kaufen, Champagner ausgeben…‹

Denn der Sägereibesitzer, dessen Stall gewonnen hatte, spendierte den Offizieren Champagner, und das Beispiel war sicher ansteckend. Die Atmosphäre war entspannt, kaum jemand dachte mehr an die Schlagseite. Die Segel warfen Schatten, und die Hitze war erträglich.

»Der Kapitän möchte Sie sofort sprechen.«

Donadieu ging zur Kommandobrücke und fand den Kapitän im Gespräch mit Madame Bassot, deren Abwesenheit auf Deck er gar nicht bemerkt hatte. Sie trocknete sich die Tränen, und ihre Brust hob und senkte sich heftig. Der Kapitän saß hinter seinem Schreibtisch und machte einen sehr besorgten Eindruck.

»Es läßt sich nicht mehr vermeiden«, sagte er, ohne den Arzt anzusehen. »Madame selbst verlangt es. Nach der nächsten oder übernächsten Station sind zwanzig Kinder auf dem Schiff, und ich kann eine so schwere Verantwortung nicht auf mich nehmen.«

Donadieu hatte begriffen, sagte aber kein Wort.

»Nutzen Sie also die Gelegenheit, daß alle Passagiere auf Deck sind, und bringen Sie Doktor Bassot in die Kabine.«

Er wagte nicht zu sagen: in die Gummizelle.

Indes wischte sich Madame Bassot weiterhin die Tränen von den vollen und frischen Wangen.

»Nehmen Sie drei oder vier Männer mit, das ist sicherer.«

»Kommt Madame mit?« fragte Donadieu.

Sie schüttelte energisch den Kopf. Der Arzt grüßte und ging langsam die Treppe hinunter. Von weitem sah er, daß das nächste Rennen begann. Die Sonne stand bereits tief am Horizont und begann sich zu röten. Die Chinesen, in einem Zustand von Euphorie, lagen auf dem Backdeck.

Donadieu rief Mathias und zwei Matrosen zu sich. Das Unterfangen ließ sich ziemlich schwierig an, denn die Zelle mit den gepolsterten Wänden befand sich vorn unter dem Zwischendeck, zwischen dem Maschinenraum und dem Raum mit den Annamiten. Man mußte über das Backdeck, durch die Menge der Gelben hindurch, dann eine steile Treppe und eine Eisenleiter hinunter.

Die vier Männer standen im Gang der ersten Klasse und sahen sich fragend an. Einer der Matrosen löste für alle Fälle seinen Strick, der ihm als Gürtel diente, und behielt ihn in der Hand.

Im Gang summten die Ventilatoren. Ein Zimmermädchen beobachtete die Szene von weitem, ebenso ein Kellner von der Treppe her, die in den Speisesaal führte.

Donadieu klopfte an die Kabinentür, drehte den Schlüssel um, öffnete und sah Doktor Bassots Gesicht an der Luke, von der Abendsonne überflutet.

In diesem Augenblick hatte er die Gewißheit, daß sein Kollege nicht so völlig verrückt war, wie man annahm. Es war nicht nötig, etwas zu sagen oder zu tun. Hatte Bassot vielleicht schon lange auf diesen Augenblick gewartet?

Als er die kleine Gruppe erblickte, malte sich Schrecken auf seinem Gesicht, dann Wut, und er stürzte geradewegs auf sie los. Er schrie nicht, er stieß nur etwas wie ein Röcheln aus. Er geriet zwischen die beiden Matrosen, die jeder einen seiner Arme packten; Mathias wußte nicht, was er tun sollte.

Donadieu wischte sich mit seinem Taschentuch über die Stirn. Bassot wehrte sich verzweifelt, und ein Geräusch deutete darauf hin, daß der Khakimantel riß.

Eine Tür öffnete sich im Gang, die von Kabine 7, und Madame Huret, von dem Lärm aufgescheucht, sah dem Schauspiel zu.

»Macht schnell«, sagte Donadieu seufzend und wandte den Blick ab.

Die Matrosen drehten Bassots Arme nach hinten, verständigten sich durch einen Blick, hoben ihn mit einem Ruck in die Höhe und trugen ihn fort, während er zappelte und zornig mit einem Bein immer wieder auf den Boden stieß. Das Zimmermädchen lief erschrocken davon. Auf Deck war die Glocke für das Rennen zu hören.

Sie mußten noch über das Backdeck. Keiner der Chinesen machte eine Bewegung, nur dreihundert Paar Schlitzaugen folgten der bewegten Gruppe bis zu der stinkenden Ladeluke. Sie lag bei den Toiletten. Darunter lebten eine Menge Lebewesen in einer Hitze, daß man zurückfuhr, wenn man sich über die Treppe hinunterbeugte.

Donadieu ging als letzter.

Er hörte Schläge gegen die Blechwand. Das hieß, daß sich Bassot immer noch wehrte. Doch es war nichts zu sehen. Sie stiegen nacheinander hinunter. Er mußte Mathias vorbeilassen, der die Tür zur Gummizelle öffnete.

»Soll ich ihm die Zwangsjacke anlegen?«

Donadieu brachte kein Wort hervor. Er schüttelte den Kopf und blickte woandershin. Er kannte die Gummizelle. Es war ein Raum von einem Meter fünfzig Breite und zwei Metern Länge. Die Luke über der Wasserlinie war so niedrig, daß sie nur an den seltenen Tagen völliger Flaute geöffnet werden konnte. Aufgrund der Nähe zum Maschinenraum und der Polsterung der Wände war die Hitze unerträglich.

Der Arzt stand im Gang. Er hörte Schritte, einen Aufprall, das Schließen der Tür, dann herrschte Stille.

Die beiden Matrosen sahen ihn an, als erwarteten sie einen neuen Befehl oder ein Lob, doch Donadieu begnügte sich damit, ihnen ein Zeichen zu machen, daß sie gehen konnten. Mathias, dessen Haar an den Schläfen klebte, wischte sich nun seinerseits das Gesicht ab.

»Er wird umkommen da drin«, sagte er. »Wer bringt ihm das Essen?«

»Du.«

Mathias blieb zögernd stehen. Es war nicht das erste Mal, daß jemand in die Gummizelle gesperrt wurde, und fast jedesmal, wenn man die Tür wieder öffnete, hatte man einen Tobsüchtigen vor sich.

»Komm!«

Donadieu brachte es nicht über sich, in seine Kabine zu gehen und den Bericht zu schreiben. Als er auf dem Backdeck unter den Annamiten auftauchte, sah er Madame Bassot mit dem Kapitän auf der Brücke stehen, von wo aus sie zugesehen hatte, wie die strampelnde, massige Gestalt ihres Mannes vorüberkam.

»Erledigt!« deutete er mit einer Kopfbewegung an.

Er kam auf das Promenadendeck, als der letzte Lauf zu Ende war. Die erste Person, die ihm in der Menge auffiel, war Jacques Huret, dessen Gesicht strahlte. Er wartete am Schalter, bis er an der Reihe war; jedermann sprach ihn an und betrachtete ihn belustigt, denn er hatte eben fast zweitausend Franc gewonnen.

Es war ein unglaublicher Zufall, zumal er nur ein Pferd für hundertfünfzig Franc gekauft und nur dreißig Franc gewettet hatte.

Seine Augen blitzten, seine Lippen waren feucht. Er warf dem Arzt einen fast herausfordernden Blick zu, als wollte er ihm zurufen:

»Da haben Sie's! Sie betrachten mich immer mitleidig, als wäre ich bereits verurteilt. Aber das Schicksal hat sich zu meinen Gunsten gewendet. In meiner Hand sind eine Menge Hundertfrancscheine, und ich verbringe den Nachmittag mit der hübschesten und elegantesten Frau an Bord!«

Er war wie im Fieber und bemühte sich, alle Leute zusammenzubringen, die er um sich versammeln wollte; in dem allgemeinen Geschiebe nach dem Rennen hatte er Madame Dassonville, den Sägereibesitzer und die Offiziere an seinem Tisch.

»Champagner!« rief er dem Barkeeper zu.

Donadieu las ein kurzes Zögern in seinen Augen. Er dachte wohl daran, die gute Neuigkeit erst einmal seiner Frau zu bringen. Aber konnte er das jetzt tun? Als der Sägereibesitzer den ersten Lauf gewonnen hatte, hatte er Champagner ausgegeben. Huret, der viermal soviel gewonnen hatte, mußte es ebenso machen. Außerdem konnte er ja Madame Dassonville nicht allein lassen. Nur wenige Augenblicke lag der Schatten über seinem Gesicht, dann wurde der Champagner serviert, die Passagiere nahmen nach und nach in Gruppen ihre Plätze auf der Terrasse wieder ein. Die lauteste Gruppe blieb die um Huret.

Donadieu saß allein in der Ecke, die er stets für sich reserviert hielt. Er war erstaunt, als der Zahlmeister nach der Auszahlung der Wetten zu ihm kam und nicht zu Madame Dassonville.

»Hat man ihn eingelocht?«

Donadieu nickte.

»Es ist trotz allem besser so. Ein unglücklicher Zufall, und der Kapitän ist dran. Und du auch.«

Neuville, der eine wache Beobachtungsgabe hatte, folgte dem Blick des Doktors, der auf Madame Dassonville ruhte, und begriff.

»Ich hab's aufgegeben«, seufzte er und trank seinen Whisky aus.

»Schon?«

»Zweimal wären wir beinahe erwischt worden, das erste Mal von ihrem Mann, das zweite Mal von der Kleinen, es ist keine drei Stunden her.«

»Ah!«

Donadieu lächelte insgeheim. Der Zahlmeister nahm die Sache jedoch ernster.

»Der Mann geht in Dakar von Bord. Wenn sie jetzt schon so unvorsichtig ist, da er hier ist, was wird sie dann erst anstellen?«

So war es. Neuville war ein besonnener Mensch. Er wog das Vergnügen gegen die Unannehmlichkeiten ab, die daraus entstehen konnten.

Donadieu hatte Huret und Madame Dassonville im Blickfeld. Sie waren umgeben von den weißen Uniformen der Offiziere, drei Flaschen Champagner standen auf dem Tisch. Madame Dassonville unterhielt sich fröhlich mit ihren Begleitern, warf jedoch von Zeit zu Zeit trotzdem einen flüchtigen Blick auf den Zahlmeister, der ihr den Rücken zukehrte.

»Wird sie dich in Ruhe lassen?«

»Sie ist ja offenbar schon wieder sehr beschäftigt…«

Wieder fiel Donadieu der Religionsunterricht aus seiner Schulzeit ein, und er dachte an seine kindlichen Qualen der Ungewißheit.

Hurct handelte aus freiem Willen! Es war Hurets freie Entscheidung, Madame Dassonville hingerissen anzustarren…

Eben noch hatte Donadieu, als er ihn ruhig und ernst und entspannt sah, an seiner Diagnose gezweifelt.

›Die Wege der Vorsehung sind unergründlich…‹, rezitierte er innerlich.

Noch eine alte Kindheitserinnerung. Als er den Satz zum ersten Mal gelesen hatte, hatte ihn da der Ausdruck »Wege der Vorsehung« nicht irritiert, war es in seiner Vorstellung nicht ein unentwirrbares Rätsel gewesen?

Das Benehmen der Leute auf der Bar-Terrasse war annähernd zufriedenstellend, so daß der Kapitän, was selten vorkam, den Aperitif an Lachaux' Tisch einnahm. Jemand hatte auf das Fest angespielt, das wie auf jeder Fahrt gleich nach Dakar stattfinden würde, und nun sprach man über die Kostüme und darüber, ob man nicht für diesen Abend, um mehr Leben in die Sache zu bringen, die erste und zweite Klasse ausnahmsweise zusammenbringen sollte.

Auch Dassonville war da, er saß aber nicht bei der übertrieben ausgelassenen Gruppe, die seine Frau umgab, sondern am Tisch des alten Verwaltungsbeamten, der ihm vom Beginn der Arbeiten an der Eisenbahnlinie Kongo–Ozean erzählte, und vor allem von der noch viel älteren Strecke Matadi–Léopoldville.

Madame Bassot kam als letzte dazu. Sie war in ihrer Kabine gewesen und hatte sich umgezogen und frisch gepudert. Auf dem rechten Nasenflügel war noch ein Puderfleck, und das verlieh ihr ein komisches Aussehen.

Sie blieb zögernd stehen, als sie sah, daß Madame Dassonville ihren Platz eingenommen hatte. Sonst war sie der bevorzugte Gast am Tisch der Offiziere. Doch einer der Leutnants bot ihr sehr galant einen Stuhl an, rief den Barkeeper herbei und ließ noch ein Sektglas bringen.

Es gab einen kurzen Blickwechsel zwischen den beiden Frauen. Huret wandte sich triumphierend an seine Nachbarin.

»Tanzen wir heute abend zusammen?« fragte er.

Er hatte an Bord noch nie getanzt, weil er keine Partnerin hatte. Er hatte immer nur aus seiner dunklen Ecke heraus, in der er seinen Kaffee mit Schnaps trank, den anderen zugesehen.

»Es sind immer dieselben Schallplatten«, beklagte sich Madame Bassot.

»Irgendein Maschinist soll gute haben, aber jemand müßte zu ihm gehen und ihn darum bitten.«

Huret übernahm die Aufgabe. Er hätte alle Sünden der Welt übernommen, nur um weiter in diesem Zustand unbeschwerter Zuversicht bleiben zu können.

»Wo ist er?«

»Ganz unten.«

Er erhob sich. Der Champagner ließ seine Bewegungen etwas unsicher erscheinen, doch nach drei Schritten hatte er sein Gleichgewicht wieder und verschwand in dem dunklen Treppenschacht, der zur dritten Klasse hinunterführte.

Madame Dassonville nutzte die Gelegenheit, um dem Zahlmeister eindringliche Blicke zuzuwerfen, und dieser, von Donadieu darauf aufmerksam gemacht, drehte sich zu ihr um und lächelte ihr zu.

Daraufhin stand sie auf und tat, als wollte sie sich ein wenig die Beine vertreten.

»Sie sondern sich heute ab!« zischelte sie im Vorbeigehen mit einem aggressiven Lächeln.

»Wir reden gerade über eine ernste Angelegenheit.«

»Und natürlich kommen Sie auch nicht zum Tanzen!«

»Das hängt davon ab, wieviel Arbeit ich noch habe. Morgen haben wir eine Zwischenstation, und es sind ein Dutzend neuer Passagiere für die erste und ungefähr dreißig für die zweite Klasse angesagt.«

Sie lächelte nur eine Spur bösartiger, um klarzumachen, daß sie nicht dumm war, und als Huret wieder aus dem dunklen Schacht auftauchte, in dem er vorher verschwunden war, war er trunken vor Freude und trug einen ganzen Stoß Platten unter dem Arm.

»Hipp, hipp, hurra!« riefen die Offiziere im Chor.

Und Donadieu zitierte einen Satz, den er irgendwo gelesen hatte:

»Jeder hat im Leben seine große Stunde…«

Er errötete. Es konnte ja geradezu so aussehen, als sei er eifersüchtig auf Huret, oder genauer gesagt, als sei er ihm böse, daß er nicht seine Voraussage bestätigte und schnurstracks auf die Katastrophe zusteuerte.

6

Als man in Dakar ankam, war das Schiff fast voll belegt. Zwischen den neuen Passagieren und den alten hatte sich keinerlei Kontakt hergestellt.

In Tabou war niemand an Land gegangen, denn man mußte das unerfreuliche Übersetzen mit dem Boot über sich ergehen lassen, und der Wellengang war sehr hoch. In Konakri waren die drei Offiziere ausgestiegen, um einige Stunden Landaufenthalt zu haben. Als sie zurückkamen, führten sie sich auf wie junge Bauern, die aus der Stadt heimkommen; sie wechselten Bemerkungen und Blicke, die nur sie allein zu verstehen glaubten.

Das einzige bedeutende Ereignis hatte zwei Tage vor Dakar auf hoher See stattgefunden. Es war seit einer Stunde Nacht gewesen, und die Passagiere saßen im Speisesaal beim Essen.

Zu Anfang der Mahlzeit sah man den Dritten Offizier zum Kapitän gehen, doch man maß dem keine Bedeutung bei. Plötzlich jedoch hörte die Schiffsschraube zu dröhnen auf, die Maschinen standen still, das Schiff verlangsamte seine Fahrt und begann gefährlich zu schwanken.

Man sah sich über die Tische hinweg an. Lachaux, den der Kapitän offenbar informiert hatte, aß mit betonter Ruhe weiter. Dassonville, der steuerbords neben einem

Bullauge saß, stand auf, suchte mit den Augen die Dunkelheit draußen ab und machte seiner Frau ein Zeichen, ihm auf Deck zu folgen.

Im nächsten Augenblick hatten alle außer Lachaux und dem Beamten, der mit ihm an einem Tisch aß, den Speisesaal verlassen.

Die Leuchtfeuer eines Ozeandampfers, der nicht weit von der ›Aquitaine‹ entfernt fuhr, bildeten im Dunkel der Nacht eine Lichtgirlande, die die Passagiere auf den ersten Blick glauben ließ, es sei eine Stadt an der Küste.

Die beiden Schiffe, die ihre Fahrt unterbrochen hatten, wiegten sich weich auf der Wasserfläche; zwischen ihnen ruderte ein Boot, von dem Stimmen aufstiegen.

»Es ist die ›Poitou‹«, wurde gemeldet.

Es war ebenfalls ein Passagierschiff der Gesellschaft, das die Strecke in umgekehrter Richtung fuhr. Die ›Aquitaine‹ ließ ihr Fallreep hinunter, das Boot legte an, und ein großer dicker Herr kam gravitätisch über die Leiter, gefolgt von einem Matrosen, der seine Koffer trug.

Zwei Minuten später nahmen die beiden Dampfer ihre Fahrt wieder auf, und die enttäuschten Passagiere aßen weiter. Der Neuankömmling hielt sich im Speisesaal auf wie die anderen. Man hatte ihn vorläufig zu einem Ehepaar an den Tisch gesetzt, bis ein endgültiger Platz für ihn gefunden war.

Er war sehr groß, sehr dick, wirkte sehr träge und hatte eine graue Mähne, die an die Kabaretts am Montmartre denken ließ.

Er wohnte auch tatsächlich zwischen dem Boulevard Rochechouart und der Rue Lamarck, aber er war weder

Sänger noch Dichter. Er war Übersetzer bei einer großen Zeitung, saß dort in einem eigenen Raum in der Redaktion und verbrachte täglich zehn Stunden damit, in ausländischen Zeitungen Anmerkungen an den Rand zu schreiben, während er eine Meerschaumpfeife rauchte.

Er hatte Frankreich nie verlassen. Als er jedoch fünfzig Jahre alt war, hatte ihm der Arzt zu ein paar Wochen Luftwechsel geraten, er hatte seinen Urlaub genommen und eine Karte zum halben Preis nach Äquatorialafrika bekommen.

Da er empfindliche Füße und eine starke Abneigung gegen jede Art von Bewegung hatte, war er nicht ein einziges Mal an Land gegangen, er hatte weder Teneriffa noch Dakar besichtigt. Eines Tages hatte er die Fahrpläne durchgesehen und festgestellt, daß die restliche Zeit seines Urlaubs gerade noch reichte, um nach Frankreich zurückzukehren, und die ›Poitou‹, die nach Pointe-Noire und Matadi unterwegs war, hatte ihn der ›Aquitaine‹ übergeben.

Er war der Anlaß, daß das Belote an Bord wieder eingeführt und das Pokern wieder aufgegeben wurde.

Als das Schiff im Hafen von Dakar einlief, geschah das Übliche: Die Passagiere kannten sich für ein paar Stunden nicht mehr. Alle gingen an Land, doch jeder tat so, als würde nur er allein all das besichtigen und erledigen, was zu besichtigen und zu erledigen er vorhatte.

Außer Lachaux und dem neuen Passagier – er hieß Barbarin – war kaum mehr jemand an Bord. Die beiden saßen auf der Bar-Terrasse und lasen die neuesten Zeitungen, die eben eingetroffen waren.

So sahen sie auch vier Personen an Bord kommen, die sich sofort zum Kapitän begaben und dort eine Stunde lang eingeschlossen blieben. Danach nahmen sie eine lange Besichtigung des Schiffes und vor allem des Schiffsraums vor.

Als die ersten Passagiere, erschöpft vom endlosen Herumlaufen in den Straßen der Stadt, an Bord zurückkamen, erfuhren sie, daß die Kommission, die den Auftrag hatte zu prüfen, ob das Schiff noch fahrtüchtig war oder nicht, ihre Arbeit noch nicht beendet hatte.

Auf Deck gab es das übliche Durcheinander von Negern, Arabern oder Armeniern, die die unterschiedlichsten Dinge verkauften. Barbarin nahm sie überhaupt nicht zur Kenntnis. Er hatte einen riesigen Stoß Zeitungen gekauft, strich aus Gewohnheit mit Blau- und Rotstift Artikel an und rauchte eine Pfeife nach der anderen.

Jacques Huret war einer der ersten, die zurückkamen, denn er hatte an Land nichts gefunden, was ihn interessiert hätte. Dakar hatte alle enttäuscht wie eine Fata Morgana. Vom Hafen aus sah man Häuserblocks wie in Europa, öffentliche Gebäude, Taxis, Straßenbahnen.

War man einmal an Land gegangen, fand man auch Läden mit richtigen Schaufenstern, Waren aus Frankreich, zwei Cafés, wie man sie in irgendeiner Provinzstadt hätte finden können.

Doch was tun, wenn man ein bis zwei Aperitifs getrunken hatte, die um einiges teurer waren als an Bord? Die Straßenpflaster waren glühend heiß, Bettler zogen einen unablässig am Ärmel, Händler versuchten, einem Glasschmuck oder buntbemalte Brieftaschen aufzuzwingen.

Als Donadieu an Kabine 7 vorbeikam, glaubte er leise streitende Stimmen zu hören, doch ein paar Minuten später sah er Huret schon wieder über das Deck schreiten. Er hatte sich eine Weste aus Tussahseide gekauft und eine königsblaue Krawatte, und er hatte sich das Haar mit Brillantine eingeschmiert.

Der Sägereibesitzer, der gedroht hatte, in Dakar auszusteigen und ein italienisches Schiff zu nehmen, sprach nicht mehr von seinem Vorhaben. Und auch die Offiziere kehrten zurück.

Ein Gewitter kündigte sich an. Es gingen auch ein paar kurze Regenschauer nieder, aber das war leider alles. Die kupferrot leuchtende Abenddämmerung war eine der heißesten, die man je erlebt hatte.

Es war die letzte Zwischenstation in Afrika. Nun folgte die eintönige Fahrt auf hoher See nach Bordeaux mit nur noch einem Halt in Teneriffa. Die Passagiere kauften Geschenke für Verwandte und Freunde, alle die gleichen, kleine Elfenbeinschnitzereien, schlecht geschnitzte Holzstatuetten, bunt bemalte Brief- und Handtaschen.

Donadieu reizte es nicht, beim Auslaufen zuzusehen. In seiner Kabine hörte er den Lärm, das eilige Verlassen des Schiffes von denen, die nicht weiter mitfuhren, die letzten Anweisungen. Er war auch nicht beim Abendessen zugegen, denn Bassot hatte heute noch keine Erlaubnis erhalten, an die Luft zu gehen.

Der Verrückte war noch immer in der Gummizelle eingeschlossen, und Donadieu hatte es erwirkt, daß er zweimal am Tag, frühmorgens und spätabends, auf dem Deck der dritten Klasse mit ihm spazierengehen konnte.

Am ersten Morgen war Mathias sehr aufgeregt zu ihm gekommen.

»Kommen Sie schnell, Doktor! Unser Mann hat einen Anfall gehabt. Er hat alles kaputtgemacht!«

Es war nicht so dramatisch, es war sogar eher erheiternd. Bassot, ganz allein in der ausgepolsterten Zelle eingesperrt, hatte weder getobt noch geschrien und auch nicht gegen die Zellenwand getrommelt, wie es in neunundneunzig von hundert Fällen vorkommt.

Er hatte geduldig mit den Fingernägeln den Bezug seiner Matratze, dann die Polsterung der Wände aufgerissen.

Als der Arzt in die Zelle kam, saß Bassot, nach wie vor in seinen Mantel gehüllt, den abzulegen er sich weigerte, mitten in einem Berg von Federn, und auf seinen bleichen Lippen schwebte die Andeutung eines Lächelns.

»Wo ist Isabelle?« fragte er.

»Welche Isabelle?«

»Meine Frau! Ich wette, daß sie sich mit den Offizieren amüsiert! Isabelle mag nämlich Offiziere…«

Trotz einer unfreiwillig traurigen Grimasse versuchte er zu lachen. Gleich darauf stieß er zusammenhanglose Worte aus und beobachtete dabei den Arzt aus den Augenwinkeln. Es sah aus, als wäre es Absicht, als würde er sich ein hämisches Vergnügen daraus machen, alle Welt zu täuschen.

»Ich habe den Kapitän vergebens gebeten, Ihnen eine Kabine zu geben…«

Bassot tat, als würde er nicht zuhören, doch er verstand sehr wohl, was man ihm sagte.

Er weigerte sich, sich zu waschen und zu rasieren, und er warf Mathias den Wasserkrug vor die Füße, den er ihm in die Zelle gebracht hatte.

Abends versuchte es Donadieu noch einmal.

»Wenn Sie sich ruhig verhalten und wenn Sie bereit sind, sich zu waschen, erlaubt Ihnen der Kapitän, daß wir zusammen auf Deck spazierengehen.«

»Auf dem Deck erster Klasse?« fragte Bassot ironisch.

»Egal auf welchem Deck. Sie kommen an die Luft.«

Es war beunruhigend, wie wenig Bassot die Hitze in der Zelle ausmachte. Donadieu hielt es darin nicht länger aus als ein paar Minuten, zumal ein fürchterlicher Gestank darin herrschte.

Dabei putzte Mathias die Zelle zweimal täglich. Der Verrückte saß auf seiner Liege – die Matratze hatte man ausgewechselt – und sah ihm schweigend bei der Arbeit zu, oder er zeichnete mit einem Bleistift, um den er gebeten hatte, etwas auf die Tür, die einzige Fläche, die nicht gepolstert war.

Man war nicht wenig erstaunt, als man neben seltsamen, langgezogenen Gesichtern, die bisweilen an die Madonnen von Memling erinnerten, unter den Kritzeleien auch schwierige algebraische Gleichungen und chemische Formeln fand.

Mit den Spaziergängen ging alles gut. Mathias hatte den Auftrag, ihnen in einem gewissen Abstand zu folgen, um gegebenenfalls eingreifen zu können, doch es war nie nötig. Die Chinesen auf Deck rückten zur Seite, um den Verrückten und den Arzt durchzulassen, und beobachteten sie mit trägem Blick.

Die zwei Männer sprachen nicht viel. Ab und zu erreichte es Donadieu mit viel Geduld, ein paar sinnvolle Sätze aus Bassot herauszukriegen.

»Sie werden sehen, in Bordeaux sperren sie mich sofort ein. Der Bruder meiner Frau ist auch Arzt. Er war es, der mich nach Afrika geschickt hat.«

Aus! Schon verlor er sich wieder in Improvisationen:

»Afrika… frika… ka, kann nicht haben… pen… peng! Peng!… Pentagon… Pentagonie…«

Einmal drückte Donadieu heftig seinen Arm und knurrte:

»Laß das!«

Und Bassot hatte ihm einen ängstlichen Blick zugeworfen, zu lächeln versucht und dann trotzdem weitergemacht:

»Agonie, und…«

Kann man überhaupt so genau wissen, in welchem Ausmaß ein Verrückter verrückt ist? Auch heute abend wieder, während die Lichter von Dakar hinter dem Schiff versanken und er seinen Gefangenen auf dem Backdeck spazierenführte, versuchte Donadieu zu verstehen.

Bassot verhielt sich ruhig, er sagte nichts, atmete tief die Nachtluft ein und betrachtete den Himmel, an dem in einem offenen Ausschnitt Sterne blinkten. Nicht weit von ihnen ließ ein Passagier einen Plattenspieler laufen, der arabische Musik spielte.

Die beiden Männer erreichte nur ein matter Lichtschein vom Deck erster Klasse, wo der Barkeeper die Tassen auf die Tische stellte und darauf wartete, daß die Passagiere aus dem Speisesaal kamen.

Bassot trug seinen Mantel, doch er hatte vergessen, seine Mütze aufzusetzen, und sein farbloses Haar fiel unordentlich auseinander. Ein drei Tage alter, gelblicher Bart ließ ihn magerer und zugleich männlicher aussehen. Unter dem Khaki trug er einen zerbeulten Schlafanzug, seine nackten Füße steckten in Pantoffeln. Ab und zu warf ihm Donadieu einen kurzen Blick zu, der dem Verrückten, der fast immer das Bedürfnis hatte, Scherze zu machen, zu lachen oder wirre Worte von sich zu geben, nie entging.

Er war kein Simulant. Sein Fall lag anders. Man hätte meinen können, daß er eine beginnende Geistesverwirrung dankbar aufgegriffen hatte und nun sein möglichstes tat, um sie zu verstärken.

»Peng! Peng! Die Granate explodiert... Der Kopf explodiert... Der Bus kommt auf drei Beinen anspaziert...«

Wie Kinder liebte er es, holprige Reime zu fabrizieren, und was er herausbrachte, ähnelte oft Versen oder Liedern. Die Schüsse kamen bei jeder Gelegenheit dran.

»Peng, peng!«

Er hielt wieder Ausschau und fragte:

»Wo ist Isabelle?«

»Beim Essen.«

»Mit den Offizieren!«

Donadieu wußte inzwischen, daß Isabelle in Brazzaville den Ruf gehabt hatte, die Geliebte der meisten Offiziere gewesen zu sein, und daß sie es vor ihrem Mann kaum verborgen hatte.

»Peng! Peng!«

War es die Erklärung für die verbalen Schüsse, die Bassot bei jeder Gelegenheit losließ?

Sie waren beide gleich alt, Donadieu und er. Nur hatte Donadieu in Montpellier studiert und Bassot in Paris. Sonst hätten sie sich unter Umständen von Kindheit an kennen können.

Bassot wußte, daß sich sein Begleiter Gedanken über ihn machte, daß er sich bemühte, ihn zu verstehen. Manchmal hätte er vielleicht gern gesagt:

»Na also, ich bin krank! Ich bin verrückt! Vielleicht ist es heilbar, aber ich will nicht geheilt werden, weil...«

Er sagte es nicht. Sie gingen nebeneinander her wie Fremde, oder noch schlimmer, denn Donadieu konnte nicht umhin, Bassot wie ein Tier zu betrachten, das beobachtet wurde.

Kurz darauf hob der Arzt den Kopf und glaubte Schatten auf dem Oberdeck zu sehen. Ein Paar lehnte an der Reling. Der Verrückte, der ebenfalls hinaufgesehen hatte, sagte, als wollte er seinen Begleiter beruhigen:

»Es ist nicht sie.«

Für ihn gab es nur eine Frau, seine. Wer oben körpernah neben Huret stand und leise redete, war Madame Dassonville, deren helles Lachen man von Zeit zu Zeit hörte.

»Gehen wir zurück«, sagte Donadieu und nahm Bassot am Arm.

Er erinnerte sich an eine Bemerkung, die ein Kamerad ihm gegenüber eines Tages gemacht hatte; es war ebenfalls an Bord eines Passagierschiffes gewesen, das vom Roten Meer kam und durch den Suezkanal fuhr:

»Man müßte dir den Spitznamen ›Gottvater‹ geben!«

Er hatte nicht gelacht. Es war in der Tat eine Manie von ihm, sich um andere zu kümmern. Nicht, um sich in ihre

Angelegenheiten einzumischen, auch nicht, um sich wichtig zu machen, sondern weil er den Menschen gegenüber, die seine Wege kreuzten, die neben ihm lebten, die auf ein Glück oder eine Katastrophe zusteuerten, nicht gleichgültig bleiben konnte.

Eben hatte er Huret oben entdeckt, und schon hatte er es eilig, sich von Bassot zu trennen, den er, nachdem er ihm freundlich auf die Schulter geklopft hatte, wieder in seine Zelle sperrte.

Aber er ging nicht sofort auf das Promenadendeck.

Er blieb vor der Tür von Kabine 7 stehen, horchte einen Augenblick und klopfte dann.

»Herein!«

Er mußte zugeben, daß die Stimme von Madame Huret, vor allem wenn sie schlecht gelaunt war, vulgär und reizlos klang.

Er öffnete die Tür. Das Baby schlief, und auf dem Bett ihm gegenüber lag Madame Huret, im schwarzen Kleid, mit nackten Füßen und einem Arm unter dem Nacken.

Wie lange hatte sie so dagelegen und mit düsterem Blick an die Decke gestarrt?

»Ach, Sie sind es, Doktor!«

Sie sprang auf, angelte nach ihren Pantoffeln und schüttelte ihre Haare aus dem Gesicht.

»Haben Sie meinen Mann gesehen?«

»Nein. Ich komme von unten rauf. Wie geht's dem Kleinen?«

»Es ist immer dasselbe.«

Ihre Stimme klang völlig mutlos, weder Zärtlichkeit noch Angst lagen darin. Die Situation war allerdings auch zum Verzweifeln. Das Baby war nicht im eigentlichen Sinne krank, jedenfalls hatte es keine Krankheit, die man hätte heilen können.

Es wurde nur nicht »recht«, wie die einfachen Leute sagen. Es nahm Nahrung auf, ohne Kraft daraus zu ziehen, es blieb so mager, so apathisch, so bleich, so schwierig wie alle Kinder, die leiden, und wimmerte stundenlang.

»In drei Tagen wechselt das Klima.«

»Ich weiß«, sagte sie wegwerfend. »Wenn Sie meinen Mann sehen…«

»Die Essenszeit ist noch nicht zu Ende.«

Sie hatte ein wenig kaltes Fleisch und eine Orange gegessen, die Reste lagen noch auf einem Tablett am Kopfende des Bettes. Sie wollte es so. Man hatte ihr vorgeschlagen, eine halbe Stunde vor den anderen Gästen mit den Kindern zu essen, während ihr Mann das Baby hüten oder Mathias in der Kabine bleiben würde.

»Ich habe keine Lust, mich anzuziehen«, hatte sie geantwortet. »Außerdem ist es unnötig, daß man mich anglotzt wie ein seltsames Tier.«

Donadieu hatte an Bassot gedacht, der es ähnlich machte, der sich weigerte, sich zu rasieren, der sich nicht einmal wusch und sich mit krankhafter Lust in seiner stinkenden Höhle verkroch.

»Wenn es so weitergeht«, sagte sie ungerührt, »werde ich Sie bitten, mir Veronal zu geben.«

»Wozu?«

»Um mich umzubringen.«

War es Pose, war es Pathos? Wollte sie ihn rühren und bemitleidet werden?

»Sie vergessen, daß Sie ein Kind haben!«

Sie zuckte mit den Schultern und warf einen kurzen Blick auf das Bett, in dem das Kleine lag. Konnte man wirklich von einem Kind sprechen? Würde es eines Tages etwas sein, das einem Menschen ähnlich sah?

»Ich bin am Ende, Doktor. Mein Mann begreift nichts. Es gibt Augenblicke, da würde ich ihn am liebsten töten…«

Huret stand oben über die friedliche See gebeugt, seine Schulter berührte die nackte Schulter von Madame Dassonville, deren Parfüm er einatmete. Hatten sich vielleicht ihre Finger auf der Reling getroffen und flüchtig berührt?

Was sagte Huret zu ihr?

Ihr Mann war in Dakar geblieben. Sie war allein. Ihre Kabine war die letzte am Gang, das Töchterchen schlief mit der Gouvernante auf der anderen Seite des Ganges.

»Sie müssen Geduld haben, wir haben ja schon über die Hälfte der Strecke hinter uns. In Bordeaux –«

»Glauben Sie wirklich, daß es in Frankreich besser sein wird? Aus welchem Grund denn? Es wird uns immer beschissen gehen…«

So war sie noch vulgärer.

»Geben Sie mir also lieber zwei Röhrchen Veronal, und wir haben alle unsere Ruhe.«

Ihre Augen waren trocken, ihr Mund war verkrampft vor Ekel und Verdruß.

»Was soll ich Ihrem Mann ausrichten?« fragte der Arzt seufzend und trat den Rückzug an.

»Nichts. Es ist besser so. Soll er doch ruhig so lange wie möglich wegbleiben, dann streiten wir uns wenigstens nicht!«

Huret und Madame Dassonville hatten die Reling verlassen und sich zusammen an einen Tisch auf der Terrasse gesetzt, um ihren Kaffee zu trinken. Sie benahmen sich mit der Unbefangenheit, die glückliche Liebespaare an den Tag legen.

Sie lächelten unentwegt, nahmen ihre Umgebung kaum noch wahr und hatten eine Art, die Köpfe zusammenzustecken, die die banalsten Bemerkungen in Vertraulichkeiten verwandelte.

Der Zahlmeister hatte sich zu Lachaux und Barbarin gesellt, der alten Trester trank und seine Pfeife stopfte.

»Wie wär's mit einem Belote?« fragte der Sägereibesitzer am Nebentisch.

»Tausend Punkte, wenn Sie wollen, mehr nicht. Ich will früh zu Bett.«

»Sind Sie dabei, Huret?«

Huret antwortete mit einer Verlegenheit, die er nicht unterdrücken konnte:

»Heute abend nicht.«

Donadieu bemerkte, wie Madame Dassonville dem Zahlmeister einen Blick zuwarf, als wollte sie sagen:

»Haben Sie gehört? Da haben Sie's! Ich verachte Sie!«

Der Barkeeper brachte Karten, ein Tuch und einen kleinen Korb mit Jetons. Lachaux lehnte sich in seinem Korbstuhl zurück, brummte etwas in seinen Bart. Ein paar neue Passagiere, die sich noch nicht ihre Gewohnheiten zugelegt hatten, gingen auf Deck auf und ab und warfen einen neidischen Blick auf die Leute in der Bar, die schon miteinander vertraut waren.

Der Zahlmeister stand auf und verschwand, und als er

ein paar Minuten später zurückkam, spielte der Plattenspieler einen neuen Blues.

Die meisten Tänzer waren vergeben. Zwei der Offiziere spielten mit Barbarin und dem Sägereibesitzer Belote. Der Hauptmann hörte Lachaux zu, der Geschichten von havarierten Schiffen auf hoher See erzählte.

Gerade als der Doktor den Blick zu Huret und Madame Dassonville wandte, stand das Paar auf, nicht um zu promenieren, sondern um zu tanzen.

Die Tanzfläche nahm den ganzen hinteren Teil des Promenadendecks ein. Die Mitte war von der Bar-Terrasse her hell erleuchtet, die Seiten hatten schattige Winkel. Die Passagiere der zweiten Klasse konnten von unten das Paar beim Tanzen beobachten.

Huret führte seine Tänzerin immer wieder in die Winkel, hielt den Kopf nach vorn geneigt und legte seine Wange an die ihre. Sie stieß ihn nicht von sich weg, aber ihre Augen suchten den Zahlmeister.

Er hingegen schien das ganze Universum herausfordern zu wollen. Er war wie verwandelt. Jetzt war er nicht mehr der kleine, sorgenbeladene Buchhalter, den die Tatsache, daß er mit einer Fahrkarte zweiter Klasse aufgrund eines glücklichen Zufalls in die erste aufgenommen worden war, niederdrückt. Er trug seine neue Weste und seine blaue Seidenkrawatte.

Als der Tanz zu Ende war, wartete das Paar lachend auf die nächste Platte.

Es war schon spät, denn man hatte mit dem Abendessen gewartet, bis man Dakar verlassen hatte. Der Kapitän ging mit dem Maschinisten auf Deck spazieren; sicher unterhielten sie sich über die Inspektion, die am Nachmittag stattgefunden hatte.

»Solange wir nicht in einen Sturm kommen, geht alles glatt«, sagte Lachaux, »aber warten wir mal den Golf von Biscaya ab! Zu dieser Jahreszeit kann man beinahe sicher sein, daß das Meer stürmisch ist.«

Das Paar tanzte nur drei Tänze. Dann verabschiedete sich Madame Dassonville geziert von ihrem Begleiter, grüßte die anderen mit einem Kopfnicken und entfernte sich in Richtung Kabinen.

Huret blieb noch eine Viertelstunde sitzen, sah zwischendurch auf die Uhr, trank in kleinen Schlucken ein Glas Schnaps aus und sah glücklich vor sich hin.

Dann stand er ebenfalls auf, grüßte ungeschickt den Doktor, der die Beine anziehen mußte, um ihn vorbeizulassen, und begab sich mit gespielter Gelassenheit ins Schiffsinnere.

Donadieu brauchte ihm nicht zu folgen, um zu wissen, daß er nicht in die Kabine 7 gehen, sondern auf Zehenspitzen bis zum Ende des Ganges schleichen würde. Er wußte auch, daß Madame Dassonville einen luxuriösen Morgenrock aus bestickter Seide trug, in dem sie einmal beim Doktor erschienen war, um sich Aspirin zu holen.

Er erhob sich und machte seine zehn Runden um das Deck, allein, mit seinen großen, regelmäßigen Schritten, ging dann in seine Kabine und machte geruhsam seine Abendtoilette. Danach holte er das Gefäß mit Opium aus seinem Schrank, die Pfeife, die Lampe, die Nadeln.

Er rauchte nicht mehr als sonst, er hatte sich fest im Griff. Seine Gedanken gerieten nicht in Verwirrung, sie blieben dieselben, drehten sich um dieselben Dinge, mit dem fast einzigen Unterschied, daß ihm diese Dinge gleichgültiger wurden.

Was ging es ihn an, wenn Huret in diesem Augenblick in den Armen von Madame Dassonville mit ihrem jungen, wohlgeformten Körper lag? Was ging es ihn an, wenn Madame Huret, müde und angeekelt, das Kind ansah, das nicht leben konnte, und dabei nichts mehr empfand? Daß Bassot algebraische Gleichungen auf seine Zellentür kritzelte? Daß Lachaux...

Er streckte ohne Anstrengung die Hand aus, drehte das Licht aus, blies die Öllampe aus und schloß die Augen. Sein letzter Gedanke war, daß nun Wind aufkam und daß das Schiff nach steuerbord neigte, denn er lag mit dem Rücken zur Wand.

7

Lachaux, der Sägereibesitzer und einige andere hatten keinen Tropenhelm mehr auf, und abends zuvor hatte man auf Deck bereits zwei oder drei Frauen im Mantel gesehen.

Die ›Aquitaine‹ hatte das Kap Verde umschifft, das Meer wirkte flüssiger, der Himmel weniger drückend. Der Unterschied war kaum spürbar, vielleicht war es gar nur eine Einbildung, doch alle waren fröhlich.

Außerdem würde an diesem Tag das Fest stattfinden, und schon in den frühen Morgenstunden konnte man spüren, daß es nicht wie die anderen sein würde.

Die Kinder, inzwischen etwa fünfzehn, waren außer Rand und Band, denn man hatte ihnen Spiele versprochen. Überall auf Deck begegnete man jungen Mädchen und Frauen, die nach männlichen Passagieren Ausschau hielten.

»Möchten Sie mir nicht ein paar Lose für die Tombola abkaufen?«

Madame Bassot hatte allein schon zweihundert verkauft. Sie lief so aufgeregt und geschäftig auf Deck herum, daß ihr Kleid im Rücken Schweißflecken und unter den Armen große feuchte Halbmonde hatte.

Auch Madame Dassonville war ausgesucht worden, um

Lose zu verkaufen, doch sie erschien erst gegen elf Uhr, sehr elegant gekleidet, nachlässig die Lose in der Hand haltend. Sie ging zu Lachaux, der sich mit Barbarin unterhielt.

»Wie viele Lose kaufen Sie mir ab, Monsieur Lachaux?«

Er musterte sie von Kopf bis Fuß. Sie riß bereits einige Lose von ihrem Block und legte sie auf den Tisch.

»Ich hab schon welche«, brummte Lachaux.

»Das macht nichts. Soll ich Ihnen zwanzig geben, ja?«

»Ich sagte Ihnen bereits, ich hab schon welche!«

Sie begriff nicht, daß es ernst gemeint war, und ließ nicht locker, und da wischte er die Lose von sich weg, die unglücklicherweise übers ganze Deck flogen. Madame Dassonville bückte sich und hob sie auf, und Barbarin, der die Szene sehr peinlich fand, half ihr dabei und stotterte:

»Ich hab auch schon welche... aber ich kaufe Ihnen noch fünf ab...«

Die Bar-Terrasse war fast leer, und man wunderte sich, als Madame Dassonville plötzlich über das Deck rannte, die Tränen zurückhaltend, und die Tür ihrer Kabine hinter sich zuschlug.

Der Zahlmeister bereitete mit Matrosen und Stewards die Spiele für den Nachmittag vor, Seilziehen, Sackhüpfen, Hockey und Kissenschlacht. Es wurden Spieler für ein Bridgeturnier zusammengesucht, und im Speisesaal wurden auf einem Tisch in der Mitte die für die Tombola eingesammelten Preise aufgestellt.

Es gab vor allem Parfümfläschchen, die die Passagiere beim Schiffsfriseur gekauft hatten, Kultfiguren, ein paar Flaschen Wein und Sekt, Schokolade und Elfenbeinfiguren, die man während der Zwischenaufenthalte gekauft und bereits satt hatte.

Donadieu hatte einen ausgefüllten Vormittag, denn zwei Chinesen waren wieder krank geworden, und die Sprechstunde für die zweite und dritte Klasse war ziemlich voll.

Um halb zwölf Uhr sagte er zu einer Frau, die bei ihm in der Kabine war:

»Sie können sich wieder anziehen.«

Es kam oft vor, daß Passagiere, vor allem Frauen, zu ihm gingen und nicht in die Krankenabteilung. Und der Doktor, der nicht gern gestört wurde, fand fast immer etwas, um sich zu rächen.

Diesmal handelte es sich um eine Frau, die ihm noch nie aufgefallen war, eine dicke Blonde, die man sich eher beim Servieren in einem vornehmen Café in der Provinz vorstellen konnte als in den Kolonien. Sie legte Wert darauf, gebildet zu erscheinen, und um ihr Eindringen zu entschuldigen, hatte sie einen Wortschwall losgelassen, dem Donadieu nicht einmal zugehört hatte.

»Sie müssen verstehen, Herr Doktor, es ist ziemlich heikel, auf einem Schiff, wo alles, was man sagt und tut, beobachtet und herumerzählt wird, wo...«

Er sah sie zerstreut an und wartete ab. Sie trug ein rosa Kleid, unter dem eine opulente Brust wogte.

Schließlich erklärte sie, daß sie fürchtete, eine Blinddarmentzündung zu haben, und daß sie, um sicherzugehen...

»Sie wissen ja, wie das ist, Herr Doktor. Man macht sich Gedanken, man kann nicht mehr schlafen...«

»Ziehen Sie sich aus!«

Er sprach ernst, sah weg und tat, als würde er sich mit etwas anderem befassen. Die Patientin zögerte.

»Ich soll mich ganz ausziehen?«

»Aber guter Gott, ja, Madame!«

Es belustigte ihn, wenn sich eine Dame nackt zeigen sollte, die bis dahin voller Würde und Selbstsicherheit aufgetreten war.

Er hörte Stoff rascheln.

»Den Strumpfgürtel auch?«

»Ja, das ist notwendig.«

Als er sich umdrehte, stand sie tatsächlich ganz nackt mitten in der Kabine. Sie hatte eine bleiche Haut, wußte nicht, wohin mit ihren Händen und wohin sie schauen sollte. Arme und Hals waren von der Sonne gebräunt.

»Ich weiß gar nicht, warum ich mich schäme...«

Sie war ziemlich beleibt, aber das Fleisch war fest und hatte viele Grübchen. Ab und zu bückte sie sich, um ihre Strümpfe wieder hochzuziehen.

Donadieu untersuchte sie oberflächlich.

»Sie haben gar nichts. Was Sie beunruhigt hat, ist lediglich ein Seitenstechen. Wahrscheinlich sind Sie zu schnell die Treppe hinaufgelaufen.«

Das war alles. Sie zog sich wieder an, und jetzt hatte sie ihre Scheu verloren und redete drauflos. Sie beeilte sich nicht, befestigte ihre Strümpfe am Strumpfhalter und suchte ihre Unterwäsche zusammen, die auf dem Sessel lag.

»Afrika hat mich gar nicht so sehr mitgenommen, nicht wahr? Ich habe allerdings auch immer sehr auf mich geachtet...«

Sie war im Hemd, als an die Tür geklopft wurde, erschrak, als wäre sie in flagranti erwischt worden, und sah Donadieu mit flehentlichen Blicken an.

Der Arzt öffnete die Tür nur einen Spaltbreit und erblickte im Gang Jacques Huret.

»Einen Augenblick noch«, sagte er zu ihm.

Die Frau zog sich fertig an, hob eine Haarnadel vom Boden auf und blickte um sich, um sich zu vergewissern, daß sie nichts vergessen hatte.

»Was schulde ich Ihnen, Doktor?«

»Nichts.«

»Aber... Das bringt mich in Verlegenheit...«

»Nein, wirklich nicht!«

Donadieus Augen lachten, allerdings nur seine Augen. Er stellte sich sein Opfer im Bett vor, wie sie passiv und glücklich die Zärtlichkeiten über sich ergehen ließ. Er irrte sich sicher nicht. Sie war genau der Typ von Frau.

Im Gang sah er sich nach Huret um. Er entdeckte niemanden, ging in seine Kabine zurück, wusch sich die Hände, und als er sie gerade abtrocknete, klopfte es wieder an der Tür.

»Herein!«

Es war Huret. Er versuchte, einigermaßen selbstsicher aufzutreten, doch er war sichtlich nervös.

»Entschuldigen Sie, wenn ich störe, Doktor...«

»Setzen Sie sich.«

Huret setzte sich auf den äußersten Rand des Sessels und drehte seine graubraune Mütze zwischen den Händen, die er heute statt des Tropenhelms trug.

»Krank?«

Mit ihm redete Donadieu ohne Umschweife. Huret gehörte ihm ein wenig. Er hatte das Gefühl, als würde er ihn seit ewigen Zeiten kennen.

»Nein… Das heißt… Zuerst möchte ich Sie etwas fragen. Glauben Sie wirklich, daß mein Kind überleben wird?«

Der Arzt zuckte ironisch die Achseln, er wußte, daß der andere nicht deswegen gekommen war.

»Das hab' ich Ihnen schon gesagt«, brummte er.

Der Ventilator summte. Ein etwa zwanzig Zentimeter breiter Sonnenstrahl kam durch das Fenster und malte einen zitternden Kreis auf die Wand.

»Ich weiß. Aber meine Frau macht sich Sorgen… Sie verurteilen mich, nicht wahr?«

Keineswegs! Der Arzt spielte mit einem Papiermesser und wartete darauf, daß man zur Sache kam. All das waren nur leere Sätze, mit denen Huret sich Mut machen wollte, und Donadieu fragte sich ungeduldig, worauf das Ganze hinauslief.

Es gelang Huret, eine ungezwungene Miene aufzusetzen und in halbwegs natürlichem Tonfall zu reden.

»Sie wissen, daß mich das geringste Schlingern krank macht. Ich kann keine Stunde lang in meiner Kabine bleiben. Sehen Sie, selbst hier fange ich sofort an zu schwitzen.«

Das entsprach der Wahrheit. Seine Stirn war feucht, und auf seiner Unterlippe standen kleine Schweißperlen.

»Auf Deck, an der Luft, geht es mir besser. Trotzdem ist die Reise eine Qual für mich. Meine Frau versteht das nicht immer…«

Donadieu reichte ihm eine Schachtel Zigaretten, Huret nahm sich mechanisch eine und suchte in seinen Taschen nach Streichhölzern.

»Meine Frau versteht auch nicht, daß im Grunde ich es bin, der die größten Sorgen hat. Wenn ich Ihnen das erzähle, dann, weil...«

Aha! dachte Donadieu. Weil was? Wie geht's jetzt weiter, mein Junge? Es ging nicht weiter. Der Junge suchte nach Worten und fand sie nicht. Er senkte den Kopf und stieß hervor:

»Ich bin gekommen, um Sie um Rat zu fragen.«

»Wenn es sich um etwas Medizinisches handelt...«

»Nein. Aber Sie kennen mich ein wenig. Sie wissen, in welcher Lage ich mich befinde...«

Die Stirn des Arztes umwölkte sich. Er war sich plötzlich sicher, daß es um Geld gehen würde, und begab sich instinktiv in Verteidigungshaltung. Nicht daß er geizig gewesen wäre, aber es widerstrebte ihm, einfach seinen Geldbeutel zu öffnen, ja auch nur über Dinge dieser Art zu reden.

»Sie wissen, unter welchen Bedingungen wir Brazzaville verlassen haben. Für den Kleinen gab es nicht mehr viel Hoffnung. Die S.E.P.A., für die ich arbeitete, verlangte, daß ich die restliche Frist von einem Jahr noch abarbeite. Ich habe den Vertrag gebrochen, als ich abgereist bin...«

Er war rot geworden und zog hastig an seiner Zigarette, um seine Fassung zu bewahren.

»Sie müssen wissen, daß sie mir über dreitausend Franc schulden. Der Direktor von unten hat mir gesagt, ich soll mich mit der Direktion in Paris in Verbindung setzen.«

Ihm war heiß. Es war peinlich, mitansehen zu müssen, wie er sich erregte, und Donadieu entging nicht, daß ein Zittern über sein Gesicht lief.

Vielleicht bedauerte Huret seinen Schritt, doch jetzt war es zu spät, einen Rückzieher zu machen.

»Was ich Sie fragen wollte, ist, ob mir jemand an Bord bis Bordeaux etwas Geld leihen kann. Ich gebe es zurück, sobald wir dort sind.«

Donadieu wußte, daß das, was er jetzt tat, grausam war, aber er konnte nicht anders. Sein Gesichtsausdruck war abweisend geworden, seine Stimme kalt und schneidend.

»Wozu brauchen Sie Geld, wenn Ihre Überfahrt samt Verpflegung bezahlt ist?«

Merkte Huret, daß die Partie verloren war? Er erhob sich ein Stück, um aufzustehen, setzte sich jedoch wieder, entschlossen, das letzte zu versuchen.

»Da waren kleinere Ausgaben«, sagte er, »das wissen Sie so gut wie ich. Ich habe eine Rechnung an der Bar offen, wie alle. Ich wiederhole, ich möchte nur etwas leihen. Ich will von niemandem etwas annehmen. Vielleicht kann die Schiffsgesellschaft…«

»Die Gesellschaft gibt nie Vorschüsse.«

Huret war jetzt hochrot und schwitzte wie ein Fieberkranker. Seine Finger zerdrückten die Zigarette, Tabakkrümel fielen auf den Linoleumboden.

»Ich bitte Sie um Verzeihung…«

»Moment mal. Neulich haben Sie doch fast zweitausend Franc bei dem kleinen Pferderennen gewonnen.«

»Eintausendsiebenhundertfünfzig. Ich mußte ja was zu trinken spendieren.«

»Wieviel schulden Sie dem Barkeeper?«

»Ich weiß nicht genau. Vielleicht fünfhundert Franc.«

»Und Ihren Partnern?«

Er tat, als würde er nicht verstehen.

»Welchen Partnern?«

»Gestern haben Sie auch wieder gepokert.«

»Fast nichts!« beeilte sich Huret zu beteuern.

»Wenn mir jemand tausend Franc leihen würde… Oder warten Sie…«

Er wollte es unbedingt durchsetzen. Er war schon zu weit gegangen. Er zog ein Scheckheft aus der Tasche.

»Ich will nicht mal was geliehen haben. Ich stelle einen Scheck aus, den man dann in Frankreich nur noch einzulösen braucht.«

Er war den Tränen nahe, und etwas trieb Donadieu dazu, auch seinerseits bis zum Äußersten zu gehen.

»Haben Sie denn Geld auf der Bank?«

»Im Moment noch nicht. Aber sobald ich in Bordeaux bin, zahle ich welches ein.«

»Sie wissen sehr gut, daß Ihre Gesellschaft Ihnen nicht zahlen wird, was sie Ihnen schuldet, wenn sie nicht gerichtlich dazu verurteilt wird. Und der Prozeß kann Monate dauern.«

»Ich werde Geld auftreiben!« sagte Huret trotzig.

Er hielt ein schmutziges und zerknittertes Scheckheft in der Hand, das er vor zwei Jahren aus Europa mitgebracht hatte.

»Ich habe Familie. Eine meiner Tanten ist sehr reich. Ich habe sogar schon daran gedacht, ihr zu telegrafieren.«

»Und warum haben Sie es nicht getan?«

»Weil ich nicht weiß, ob sie gerade da ist. Sie wohnt in Corbeil, aber sie verbringt den Sommer immer am Meer oder in Vichy.«

»Das Telegramm würde ihr nachgeschickt.«

War es nicht ein unnützes und grausames Spiel?

»Meine Tante würde das nicht verstehen. Ich muß es ihr erst erklären.«

»Weiß Ihre Frau, daß Sie kein Geld haben?«

Huret schnellte hoch.

»Sie werden es ihr doch hoffentlich nicht sagen?«

Er war ein Feind geworden. Er sah dem Arzt wütend ins Gesicht, denn er begriff, wie weit dieser ihn in die Enge getrieben hatte.

»Ich sage noch einmal, ich habe Sie um nichts gebeten. Ich wollte nur einen Rat von Ihnen haben. Ich habe Ihnen offen meine Lage geschildert.«

Seine Lippen warfen sich auf, er unterdrückte ein Schluchzen und wandte den Kopf ab.

»Setzen Sie sich!«

»Wozu?« meinte er achselzuckend.

»Setzen Sie sich! Und erklären Sie mir, warum Sie, nachdem Sie wußten, daß Sie kein Geld haben, Schulden an der Bar gemacht und sich darauf eingelassen haben, zu pokern und Belote zu spielen.«

Es war zu Ende. Huret senkte den Kopf wie ein Angeklagter. Sein Adamsapfel ging auf und nieder, doch seine Augen blieben trocken.

»Haben Sie überhaupt eine Tante?«

Als Antwort warf ihm Huret einen haßerfüllten Blick zu.

»Ich bin also bereit zu glauben, daß es sie gibt. Sie sind nur nicht sicher, ob sie Ihnen das Geld gibt.«

Huret war das Blut in den Kopf gestiegen, er rührte sich nicht mehr, starrte zu Boden und zerknüllte das Scheckheft in seinen schweißnassen Händen.

»Ich leihe Ihnen trotzdem die tausend Franc.«

Hurets Kopf hob sich mit einem ungläubigen Ausdruck in den Augen, und Donadieu öffnete die Schublade, in der er sein Geld verwahrt hatte.

Dachte Huret einen Augenblick daran abzulehnen?

Er blickte unsicher zur Tür. Donadieu zählte zehn Hundertfrancscheine ab.

»Geben Sie mir trotzdem einen Scheck.«

Er stand auf, um seinem Besucher am Tisch Platz zu machen, und nahm die Kapsel vom Füllfederhalter.

Huret setzte sich folgsam auf den ihm angewiesenen Platz, dann wandte er sich halb um.

»Auf wen soll ich ihn ausstellen?«

Mit einem scheuen Lächeln fügte er hinzu:

»Ich weiß nicht mal Ihren Namen.«

»Donadieu. Wie ›don à Dieu‹*.«

Die Feder kratzte auf dem Papier. Neben der Unterschrift entstand ein Tintenklecks. Huret wagte noch nicht, das Geld an sich zu nehmen.

»Ich danke Ihnen«, stammelte er. »Und ich bitte Sie nochmals um Entschuldigung. Sie können nicht wissen, wie –«

---

* Gabe an Gott (A.d.Ü.)

»Aber ja!«

»Nein! Sie können es nicht wissen. Heute morgen wollte ich mich umbringen.«

Er weinte vor Selbstmitleid. Der Steward machte seine Runde über Deck und schlug den Gong zum Mittagessen.

»Danke!«

Er fragte sich noch, ob er Donadieu die Hand hinstrecken sollte oder nicht, aber nachdem dieser regungslos dastand, ging er, die Nase hochziehend, rückwärts zur Tür, dann wischte er sich die Augen aus und stürzte hinaus.

Er kam zu spät in den Speisesaal. Die Gespräche waren wegen des Festes lauter als sonst, man unterhielt sich darüber, ob man sich zum Abendessen verkleiden sollte oder nicht. Diejenigen, die ein Kostüm hatten, waren begeisterte Befürworter, die anderen fragten sich, wie sie sich mit dem wenigen, was es an Bord gab, anziehen sollten.

»Aber ich versichere Ihnen, beim Friseur finden Sie alles, was Sie brauchen!«

Die Siesta wurde nicht eingehalten, und Donadieu konnte nicht schlafen, weil auf dem Deck über seinem Kopf ständig Leute hin und her liefen.

Barbarin hatte sich einverstanden erklärt, den Festvorsitz zu übernehmen, und er schien sein ganzes Leben lang nichts anderes getan zu haben. Man sah auf den ersten Blick, daß er eine gewichtige Persönlichkeit war. Er trug eine beige Drillichhose, ein weißes Hemd, das er über den behaarten Armen hochgekrempelt hatte, und eine blaue Armbinde, über die er sich selbst lustig zu machen schien. Außerdem hatte er um eine Pfeife gebeten, und um halb fünf Uhr gab er damit das Signal zum Beginn der Spiele.

Eine halbe Stunde lang ertönte nur das Geschrei der Kinder, denn sie machten den Anfang. Sie spielten Seilziehen, liefen mit einem Ei auf einem Löffel zwischen den Zähnen, das nicht herunterfallen durfte, und bewarfen sich mit Kissen.

Auch der Kapitän mußte dabeisein. Er bildete einen Kontrast zu der bunten Menge, spürte das auch und versuchte zu lächeln, während er sich wie abwesend den Bart glattstrich.

»Sie spielen nicht mit?« fragte er Madame Dassonville, die abseits stand.

»Nein, danke! Ich bin heute nicht in der rechten Stimmung.«

Er glaubte sie überreden zu müssen, stellte es ungeschickt an und empfing von der jungen Frau nur mißmutige Blicke. Madame Dassonvilles schlechte Laune war so unübersehbar, daß auch Barbarin zu ihr hinging.

»Entschuldigen Sie, wenn ich Ihnen lästig falle. Lachaux ist ein ausgemachter Rohling. Er verdient eine Lektion. Aber deswegen müssen Sie nicht uns alle bestrafen. Das Fest ist unvollständig, wenn ausgerechnet die charmanteste unserer weiblichen Passagiere nicht daran teilnimmt.«

Sie lächelte, blieb jedoch bei ihrem Unmut und blickte weiter, an die Reling gelehnt, aufs Meer hinaus.

Donadieus Blick suchte Huret, und er sah ihn in einer Gruppe, die ein Belote-Turnier zugunsten der Seeleute vorbereitete. Huret war ein wenig nervös, doch von der morgendlichen Erregung war nichts mehr zu spüren.

Was ihn beunruhigte, war, daß Madame Dassonville sich nicht zu ihm gesellte. Er hielt nach ihr Ausschau, und als man ihn bat, als vierter Spieler mitzumachen, wußte er nicht, was er antworten sollte.

»Gleich...«

»Wir müssen mit der Auswahl anfangen.«

»Sie finden sicher einen anderen Spieler.«

Die Offiziere waren bereits sehr fröhlich. Statt der Siesta hatten sie einige Liköre zu sich genommen, und nun waren sie beim Sekt angekommen. Nachdem Madame Dassonville nicht mitmachte, wurde Madame Bassot zur Königin des Festes erwählt, und sie spielte diese Rolle mit derselben Begeisterung, mit der sie die Lose für die Tombola verkauft hatte.

Nach den Kindern machten die Erwachsenen ihre gewohnten Spiele. Das Sackhüpfen begann, und Huret nutzte die Gelegenheit, daß die Aufmerksamkeit aller auf den komischen Start der Teilnehmer gelenkt war, um Madame Dassonville zu suchen.

Von da an sah man beide nur noch zusammen, fern von der allgemeinen Betriebsamkeit. Nachdem sie lange auf das Meer geschaut und geflüstert hatten, gingen sie spazieren, als wäre nichts geschehen.

Madame Dassonville hatte einen herausfordernden Blick. Huret versuchte, Haltung zu bewahren, doch man konnte spüren, daß ihm nicht recht wohl war in seiner Rolle. Ging seine Begleiterin absichtlich immer wieder vor der Terrasse vorbei, die einen Mittelpunkt der Anziehung bildete?

Man sah ihnen nach. Die neuen Passagiere aus Dakar konnten sich die Vorliebe des Paares für die Einsamkeit nicht erklären. Eine Frau vermutete sogar, sie seien ein frisch getrautes Ehepaar.

Barbarin betätigte sich mit echt montmartrescher guter Laune.

»Nur zu, Madame, wir brauchen noch eine Konkurrentin für das Eierlaufen«, sagte er zu einer Frau von fünfundvierzig Jahren. »Wovor haben Sie Angst?«

Gelächter brach aus. Er drückte ihr einen Löffel und ein Ei in die Hand. Die Frau wurde rot und blickte in die Runde, als wollte sie sich dafür entschuldigen, daß sie sich lächerlich machte.

»Wenn ich pfeife, geht's los! Der erste Preis ist ein Rasierapparat…«

Madame Dassonville und Huret wanderten so gleichmäßig über das Deck wie Donadieu jeden Abend auf seinem gewohnten Rundgang.

Bei den ersten Runden gelang es Huret noch, den Blick des Doktors zu vermeiden, doch er wußte, wo er war, und achtete darauf, nicht in seine Nähe zu geraten.

Nach einer Weile war es nicht mehr möglich. Der Weg war von den Mitspielern der Kissenschlacht versperrt, und Huret befand sich Donadieu direkt gegenüber.

Er lächelte schüchtern und unterwürfig und ein wenig verunglückt, als wollte er sagen:

›Da sehen Sie, daß es nicht meine Schuld ist!‹

Kurz darauf war das Paar verschwunden. Der Kapitän kam zu Donadieu.

»Heute abend lassen Sie den Spaziergang mit Ihrem Verrückten lieber ausfallen. Die Passagiere der dritten Klasse haben viel getrunken und sind ziemlich überdreht. Es könnte was passieren.«

Es konnte nicht verhindert werden, daß einer der Chinesen starb, aber niemand außer Mathias erfuhr etwas davon. Um acht Uhr probierten die Passagiere in ihren zu kleinen Kabinen fieberhaft Kostüme an, während der Chefmaschinist ins Schiffsinnere gerufen wurde.

8

Um Mitternacht sah es aus, als sei das Fest zu Ende. Auf dem Promenadendeck spielte immer noch der Plattenspieler, aber niemand tanzte. Im Salon der zweiten Klasse auf dem Achterdeck dagegen drehten sich noch einige Paare.

Vielleicht taten sie das allerdings absichtlich. Es hatte einen Zwischenfall gegeben. Gleich nach dem Essen war eine als »Französische Republik« oder vielmehr als »Madame Angot« verkleidete junge Frau mit vier oder fünf jungen Leuten, alle mehr oder minder im Piratenkostüm, plötzlich auf der Terrasse der ersten Klasse erschienen, angeblich, um eine Farandole zu tanzen.

Alle hatten gelacht und sie gewähren lassen. Beim Essen war es nicht besonders fröhlich zugegangen. Nur wenige hatten sich verkleidet, andere hatten sich mit der Abendtoilette begnügt, und so gab es zum ersten Mal fünf oder sechs schwarze Smokings zu sehen.

Madame Bassot hatte sich ein Matrosenkostüm ausgeliehen, das ihr zu eng war, doch sie bemühte sich in Gesellschaft der Offiziere, unbeschwert zu erscheinen.

Madame Dassonville kam zum Essen absichtlich so gekleidet wie sonst auch, ohne die Veränderung zur Kenntnis zu nehmen, und auch Huret war angezogen wie immer.

Am Tisch des Kapitäns, der unverbrüchlich seine Würde wahrte, saß Lachaux im Anzug, nur Barbarin hatte sich mit Kohle einen dicken Schnurrbart und einen Backenbart aufgemalt. Ein rotes Halstuch und eine Matrosenmütze, die er unter den Requisiten gefunden hatte, vervollständigten seine Verkleidung. Es war gerade zur rechten Zeit, daß die Gruppe aus der zweiten Klasse auf Deck erschien, denn der Zahlmeister versuchte schon vergebens, Leben in das Fest zu bringen.

Die »Marianne« mit der Jakobinermütze und dem Rock in den Farben der Trikolore war ein schönes, rothaariges Mädchen, das bereits viel getrunken hatte und sehr ausgelassen war.

Zum ersten Mal sah man den dicken und schwerfälligen Barbarin tanzen. Es wurde Champagner bestellt. Ein neues Farandolepaar bildete sich, das über das ganze Deck tanzte, derweil Huret und Madame Dassonville in einer Ecke der Bar sitzen blieben, nicht weit von einem schlechtgelaunten Lachaux.

Eine halbe Stunde später gerieten die Dinge außer Kontrolle. »Madame Angot« trank immer weiter, wurde immer wilder, küßte die Männer auf den Mund, schließlich tanzte sie allein eine Quadrille, die an das Moulin Rouge von einst denken ließ, und hob ihre Beine so hoch, daß man ihre nackten Oberschenkel sehen konnte.

Die Offiziere lachten. Barbarin wurde es heiß. Die Ehepaare sahen die Sache jedoch anders, und der Zahlmeister sagte unauffällig zu einem der jungen Männer der Bande:

»Sie sollten jetzt vielleicht mit ihr gehen!«

Der junge Mann hatte ebenfalls getrunken. Er rief seine

Kameraden zusammen und erklärte ihnen laut, daß sie, nachdem sie die feinen Leute der ersten Klasse jetzt genug amüsiert hätten, wieder gehen könnten.

Das war richtig und war falsch. »Marianne« merkte, daß etwas vor sich ging, verlangte eine Erklärung und ließ, ohne daß man sie hätte daran hindern können, gegen den Zahlmeister und die Passagiere eine Flut von Verwünschungen los, die der »Dame Angot«, an die sie mit ihrem Rock erinnerte, durchaus würdig waren.

Das war kurz nach elf Uhr gewesen. Jetzt war es gerade Mitternacht, und Stille war wieder eingekehrt, eine etwas lastende, gezwungene Stille; die Feststimmung war verflogen. Der Plattenspieler spielte vergebens. Ein Dutzend Passagiere tranken in der Bar noch ihren Champagner oder ihren Whisky aus, und Barbarin hatte mittlerweile seinen Bart und sein Halstuch entfernt.

Er saß bei Lachaux und dem Sägereibesitzer. Die Luft war kühler als an den vorhergehenden Abenden. Donadieu sah seine Patientin vom Vormittag frösteln. Sie trug ein weit ausgeschnittenes Kleid, ihr Gatte war ein kleines Männchen mit einem blonden Kinnbart.

Der Abend konnte als beendet gelten. Lachaux erhob sich als erster, drückte Barbarin und Grenier die Hand und entfernte sich, wobei er das Bein nachzog.

Barbarin und der Sägereibesitzer leerten ihre Gläser und folgten ihm nach knapp einer halben Minute, blieben aber noch eine Weile an der Reling stehen, um zu plaudern.

Donadieu achtete nicht genau auf alle diese Einzelheiten, und später kostete es ihn einige Mühe, den Ablauf, der seine bestimmte Bedeutung hatte, exakt zu rekonstruieren.

Schon geraume Zeit war Huret unruhig. Er fürchtete eine Szene mit seiner Frau, wenn er zu spät hinunterkam. Doch Madame Dassonville hatte es nicht eilig damit aufzubrechen, und als er sich jetzt zu ihr hinüberbeugte, so um ihr nahezulegen, daß sie gehen sollten.

Er ging trotzdem vor ihr. Der Abschied war ziemlich kühl. Donadieu vermutete, daß sie sagte:

»Na, dann geh doch zu deiner Frau!«

Huret entfernte sich widerstrebend mit hängenden Schultern. Er kam an Barbarin und dem Sägereibesitzer vorbei, die sich immer noch unterhielten. Der Zahlmeister ließ den Plattenspieler abstellen, und der Barkeeper, ungeduldig, weil die Offiziere nicht aufhören wollten, Belote zu spielen, begann die Tische abzuräumen und die Stühle auf der Terrasse aufeinanderzustellen.

In diesem Augenblick kam ein Kabinenjunge zu ihm und flüsterte einige Worte. Der Barkeeper blickte in die Runde, sein Blick schweifte über die Tische und blieb an dem Tisch haften, an dem Lachaux gesessen hatte.

Der Steward ging fort, verschwand in dem Gang mit den Kabinen, und es waren keine drei Minuten vergangen, als Lachaux erschien, ohne Kragen, Sandalen an den nackten Füßen.

Sein Verhalten deutete darauf hin, daß sich ein Drama abgespielt hatte. Mit einem zynischen Blick auf die, die noch da waren, die großen grauen Augenbrauen zusammengezogen, sagte er:

»Barkeeper! Holen Sie mir den Zahlmeister.«

»Ich glaube, der Zahlmeister ist schon schlafen gegangen.«

»Dann sagen Sie ihm eben, daß er aufstehen soll!«

Alle Anwesenden wandten ihm ihre Aufmerksamkeit zu. Barbarin, der Lachaux von weitem gesehen hatte, kam zurück auf die Terrasse, während der Sägereibesitzer sich ins Schiffsinnere begab.

Lachaux blieb schweigend in der Bar stehen, groß und gewichtig. Die Offiziere spielten weiter, ließen ihn jedoch nicht aus den Augen.

Er war selten so griesgrämig gewesen wie an diesem Abend, vielleicht, weil unter den jungen Burschen aus der zweiten Klasse zwei von seinen Angestellten gewesen waren, einfache junge Leute wie Huret. Er hatte getan, als würde er sie nicht kennen.

Als man sie wegschickte, hatte er bei einer in der Nähe stehenden Gruppe den Satz aufgefangen:

»Es gibt auch solche, die ein Billett zweiter Klasse haben und in der ersten fahren!«

»Wer ist das?« hatte Lachaux den Sägereibesitzer gefragt.

Und der hatte mit dem Kinn auf Huret gezeigt.

»Ich glaube, der. Er hat eine kranke Frau oder ein krankes Kind, ich weiß es nicht genau.«

Da hatte Lachaux die Drohung gegen die Schiffsgesellschaft ausgestoßen, er würde sich die Differenz zwischen der ersten und der zweiten Klasse zurückzahlen lassen.

Dieser Zwischenfall, weniger lautstark als der erste, war unbemerkt geblieben. Jetzt eilte der Zahlmeister herbei, um so eiliger, als man ihn auf dem Deck zweiter Klasse aufgestöbert hatte, wo er mit »Marianne« weit hinten im Dunkeln stand und ihr eindringlich klarzumachen versuchte, daß er an dem, was geschehen war, keine Schuld hatte.

»Zahlmeister, ich möchte, daß unverzüglich eine Untersuchung eingeleitet wird! Es gibt einen Dieb an Bord!«

Er hatte absichtlich laut gesprochen. Die etwa zehn Personen, die sich auf der Terrasse befanden, drehten alle gleichzeitig die Köpfe um.

Der kleine Neuville verhielt sich in solchen Fällen meist sehr diplomatisch. Er entgegnete schnell:

»Wenn Sie sich bitte in mein Büro bemühen wollen. Ich werde mir Ihr Anliegen notieren und –«

»Nichts da! Dazu braucht es kein Büro und keine Notizen«, erwiderte Lachaux und legte ihm seine dicke weiche Hand auf die Schulter. »Der Diebstahl ist hier geschehen, es ist keine zehn Minuten her. Ich weiß schon, warum Sie mich mitnehmen wollen. Die Gesellschaft will keine Unannehmlichkeiten, und gleich werden Sie mir eine Entschädigung anbieten...«

Die Blicke des Zahlmeisters und Donadieus begegneten sich. Neuville schien ihn um Rat zu fragen. Der Arzt war ernst geworden.

»Kommen Sie hierher. Noch vor zehn Minuten bin ich mit zwei Personen an diesem Tisch gesessen, mit Monsieur Barbarin, den ich hier sehe, mit dem Sägereibesitzer, der in Libreville zugestiegen ist –«

»Monsieur Grenier?«

»Sein Name ist mir egal. Irgendwann habe ich meine Brieftasche herausgenommen, um ihnen was zu zeigen, einen Artikel von einer kleinen Zeitung, die mich angegriffen und mich einen Mörder genannt hat!«

Er hatte sich hinreißen lassen und schrie, so laut er konnte.

»Als ich vor fünf Minuten weggegangen bin, habe ich die Brieftasche auf dem Tisch liegenlassen, da bin ich ganz sicher! Ich bin ja kein Kind mehr. In meiner Kabine habe ich gemerkt, daß ich sie nicht in der Tasche habe, und ich habe sofort den Steward geschickt, um sie zu holen. Da war sie bereits nicht mehr da!«

Der Zahlmeister fragte unvorsichtigerweise:

»War eine große Summe drin?«

»Was geht Sie das an?! Ob man mir nun hundert oder hunderttausend Franc gestohlen hat, ist meine Sache! Ich will meine Brieftasche wiederhaben, das ist alles. Und vor allem will ich den Dieb zu fassen kriegen und ihm gründlich meine Meinung sagen!«

Das Belote-Spiel wurde jetzt unterbrochen, obwohl die Karten eben erst ausgegeben waren. Die Spieler sahen den Tisch an, der nahe bei ihnen stand, und ihre Beklommenheit war zu spüren.

Im übrigen waren alle beklommen, denn im Grunde konnte jeder von ihnen verdächtigt werden, auch Barbarin, der nun auf Lachaux zuging.

Die Frau, die Donadieu heute morgen gezwungen hatte, sich auszuziehen, war auch immer noch da, mit ihrem Mann, der nervös den kleinen Kopf auf seinem mageren Hals in die Höhe reckte.

»Ich muß dem Kapitän Meldung machen«, sagte der Zahlmeister unsicher, um Zeit zu gewinnen.

»Dann rufen Sie ihn her! Ich verlange eine sofortige Untersuchung! Die Brieftasche kann nicht weit sein.«

Neuville hätte Lachaux tatsächlich gern in eine Ecke gezogen, ihn beruhigt, ihm egal was angeboten, um einen Skandal zu vermeiden. Er wußte, daß die Brieftasche nicht sehr viel enthalten konnte, Lachaux hatte ihm anvertraut, was er bei sich hatte, es waren fünfundfünfzigtausend Franc, die er zur Sicherheit in einen Safe gelegt hatte. Für den täglichen Bedarf hatte er höchstens ein paar hundert Franc behalten.

»Steward! Sagen Sie bitte dem Kapitän, daß ihn Monsieur Lachaux dringend auf der Bar-Terrasse sprechen möchte.«

Lachaux lief mit den Händen auf dem Rücken auf und ab, ohne auf die Anwesenheit Neuvilles zu achten, der sich einstweilen zu Donadieu setzte.

»Waren Sie hier?«

»Die ganze Zeit.«

»Und?«

»Ich weiß nichts.«

»Er ist imstande und verlangt, daß sämtliche Passagiere gefilzt und die Kabinen durchsucht werden.«

Barbarin, der den Offizieren einen weitschweifigen Vortrag hielt, schlug dasselbe vor.

»Man soll uns ruhig alle durchsuchen. Ich für mein Teil bin sofort damit einverstanden, meine Taschen auszuleeren. Ich bin nach Lachaux aufgestanden und nur bis zur Reling gegangen, und ich bin fast zur selben Zeit zurückgekommen wie er.«

»Genau! Man soll uns durchsuchen!« pflichtete ihm der Kolonialinfanteriehauptmann bei.

Niemand wollte zu Bett gehen, aus Furcht, es könnte als ein Zeichen seiner Schuld angesehen werden. In der zweiten Klasse wurde immer noch getanzt. Hinter den Vorhängen des erleuchteten Tanzsaals sah man Schatten, die sich bewegten.

Als der Kapitän erschien, trug er den Uniformrock, den er zum Essen getragen hatte, und schon von weitem versuchte er sich ein Bild davon zu machen, was vor sich ging. Der Zahlmeister wollte ihm entgegengehen, doch Lachaux hielt ihn zurück.

»Moment! Das mache ich selbst!«

Er tat es mit derselben Heftigkeit wie zuvor.

»Es gibt einen Dieb an Bord, und er muß gefunden werden«, erklärte er. »Nach Gott sind Sie hier auf dem Schiff die höchste Instanz. Es ist also an Ihnen, die nötigen Maßnahmen zu treffen, bis ich in Bordeaux Anzeige erstatten kann.«

Im Grunde kam ihm diese Geschichte gerade recht.

Es war ein Ventil, durch das er jetzt seine Galle verspritzen konnte. Von nun an gab es für ihn keine Passagiere, keine Siedler, Pflanzer, Beamte, Offiziere oder Handelsangestellten mehr, es gab nur noch Verdächtige.

Barbarin, der beim Essen am Tisch des Kapitäns saß, erlaubte sich einzugreifen:

»Die Herren hier und ich sind alle dafür, daß man uns sofort durchsucht. Wir haben, seitdem die Brieftasche verschwunden ist, das Deck nicht verlassen und also keine Gelegenheit gehabt, uns irgendeines Gegenstandes zu entledigen.«

Der Kapitän zuckte mit keiner Wimper und behielt sein

würdiges Auftreten, doch seine Sicherheit war nur oberflächlich.

»Ich kann Sie nicht daran hindern, Ihre Unschuld zu beweisen«, sagte er schließlich nach einem Blick auf den Zahlmeister und Donadieu, als wollte er sich ihrer Hilfe versichern.

Es war zugleich grotesk und dramatisch. Barbarin leerte nach und nach seine Taschen aus und legte alles der Reihe nach auf den Tisch, einen Schlüsselbund, eine Pfeife, einen Tabaksbeutel, eine Dose Lakritze, ein Taschentuch und das rote Tuch, das er abends um den Hals getragen hatte. Dann drehte er die Taschen um, so daß die Tabaksbrösel auf den Boden rieselten.

Danach standen die Offiziere auf. Sie waren mit großem Ernst bei der Sache. Einer von ihnen, der ziemlich viel getrunken hatte, sprach sogar davon, sich von den Sachen, die er vorlegte, ein Verzeichnis mit Unterschrift geben zu lassen.

»Ich auch!« rief eine Frauenstimme.

Es war die von Madame Dassonville, die man gar nicht bemerkt hatte, denn ihr Tisch stand etwas abseits im Dunkeln, und sie hatte sich bis jetzt ganz still verhalten.

»Ich auch!« rief auch schnell der kleine Herr, dessen Frau ihre leeren Hände vorzeigte.

»Wer war noch hier?« fragte der Kapitän ungeduldig.

Donadieu überließ es den anderen, zu antworten.

Barbarin sah Madame Dassonville an. Sie sagte tonlos:

»Monsieur Huret ist bei mir gesessen.«

»Wo ist er?«

»Er ist schlafen gegangen.«

»War da Monsieur Lachaux schon fort?«

»Ich glaube, ja. Ich bin mir nicht sicher.«

»Monsieur Grenier war auch noch hier«, warf Barbarin ein. »Wir haben uns noch eine Weile unterhalten, dann ist er in seine Kabine gegangen.«

Der Kapitän wandte sich an Lachaux.

»Wünschen Sie, daß ich die Herren holen lasse?«

»Nein! Sie müssen in ihren Kabinen verhört werden, und die Kabinen müssen durchsucht werden!«

Der Zahlmeister und der Kapitän entfernten sich einige Meter. Sie sprachen leise miteinander und machten Donadieu ein Zeichen, er solle zu ihnen kommen.

»Wie denken Sie darüber?«

Alle drei waren gleich unwillig. Es war nicht das erste Mal, daß sie an Bord einen Diebstahl erlebten.

Im Augenblick waren nur zehn Passagiere im Spiel; sie gaben sich zwar ungezwungen, fühlten sich aber doch belastet.

Am nächsten Morgen würden es hundert sein, die es wußten, die mit Verschwörermienen die Köpfe zusammensteckten, die sich gegenseitig belauerten. Und es waren noch zehn Tage bis Bordeaux…

»Es müssen ja nur zwei Kabinen durchsucht werden«, sagte der Zahlmeister.

»Monsieur Lachaux!« rief der Kapitän. »Würden Sie uns die Brieftasche bitte beschreiben?«

»Sie ist schwarz, schon ziemlich alt, an den Rändern abgestoßen, mit mehreren Fächern.«

»Wieviel war drin?«

Diesmal antwortete er:

»Sieben oder acht Hundertfrancscheine. Sie wissen, daß mein Geld im Safe ist. Es geht mir nicht um das Geld, es geht mir um die Papiere.«

»Sind es wichtige Papiere?«

»Für mich ja. Und das kann nur ich beurteilen.«

»Wenn Sie bitte hier einige Minuten warten. Wir werden die beiden Kabinen besichtigen.«

Lachaux brummte zustimmend, aber es war klar, daß er bei der Untersuchung gern dabeigewesen wäre.

»Gehen Sie, Zahlmeister. Nehmen Sie zwei Zeugen mit, egal, wen. Monsieur Barbarin? Und Sie, Herr Hauptmann?«

Die beiden Männer nickten und folgten dem Zahlmeister.

Es war eine höchst peinvolle Viertelstunde. Lachaux saß allein in seiner Ecke, finster und drohend, und er spürte genau, daß die Blicke, die auf ihn gerichtet waren, feindselig waren.

Der Kapitän und Donadieu hielten sich abseits, und Madame Dassonville zündete sich eine Zigarette an, deren Glut als kleiner roter Punkt in ihrer dunklen Ecke glomm.

Niemand wollte schlafen gehen. Alle warteten. Ab und zu kam Musik von der zweiten Klasse herüber, wo das Fest weiterging. Drei oder vier der Gäste waren schon vollkommen betrunken.

»Verdächtigen Sie jemand?« fragte der Kapitän leise.

»Nein, niemand.«

Es erforderte schon eine Situation wie diese, damit der Kapitän in engeren Kontakt mit seinem Stab kam. Gewöhnlich hielt er sich abseits, der Kontakt beschränkte sich strikt auf offizielle Meldungen, und er verließ seine Kommandobrücke nur, um den Vorsitz bei den Mahlzeiten zu führen, was der mühsamste Teil seiner Aufgaben war.

Der Himmel war bewölkt, und man hatte den Eindruck, als wären es bereits europäische Wolken, bewegter und leichter als afrikanische. Nachmittags waren sie durch Bänke von fliegenden Fischen gefahren, doch wegen des Festes hatte niemand darauf geachtet.

Noch eine Zwischenstation, Teneriffa, ein letzter Überfall von arabischen und anderen Händlern, dann kamen, fast übergangslos, Portugal, Frankreich, die unruhigen und grauen Gewässer des Golfs von Biscaya.

Die Zeit verging nur langsam. Man fragte sich, was der Zahlmeister und seine beiden Begleiter so lange machten. Schließlich tauchte der Sägereibesitzer auf, der einen ausgebleichten Morgenrock über seinem Pyjama trug.

Er schlurfte in Pantoffeln daher, was familiär wirkte und einen auffälligen Kontrast zum Smoking des Mannes mit dem langen Hals und zum Abendkleid seiner Gattin bildete.

„Was ist los?« fragte er und näherte sich dem Tisch, an dem die Offiziere saßen, während er dem Kapitän einen verstohlenen Blick zuwarf. Wofür hielt man die Passagiere auf diesem Schiff?

Sein Akzent hatte noch nie so nach Pariser Vorstadt geklungen.

»Hat jemand eine Zigarette?«

Ein Leutnant reichte ihm sein Etui hin.

»Ich hab schon geschlafen, als man mich aufgeweckt hat,

und der Zahlmeister hat meine Kabine durchstöbert, als wäre ich ein Verbrecher!«

Erst jetzt bemerkte er Lachaux.

»Haben Sie was damit zu tun, he? Sie hätten auch bis morgen früh warten können!«

Er ging nicht. Er blieb wie jemand, der die Untersuchung beim Arzt schon hinter sich hat und auf seine Kameraden wartet, die noch drankommen. Er war ruhig. Sie hatten nichts bei ihm gefunden.

»War viel Geld drin in Ihrer Brieftasche?«

Lachaux war nicht danach zumute zu antworten. Ein verlegenes Schweigen folgte den Worten des Sägereibesitzers, denn nun hatte sich das Feld des Verdachts soweit verringert, daß nur noch ein Name vor aller Augen stand: Huret.

Alle spähten heimlich zu Madame Dassonville hinüber, auch Lachaux. In seinem harten Blick lag etwas wie Befriedigung. Als er heute morgen die Lose für die Tombola vom Tisch gefegt hatte, die sie ihm anbot, hatte Barbarin zu ihm gesagt:

»Sie sind zu weit gegangen. Schließlich ist sie eine Frau.«

»Eine N...!« hatte er erwidert.

»Sie haben kein Recht, so zu reden.«

Dabei war es geblieben. Aber Lachaux hatte die Lektion nicht vergessen und wartete nun ungeduldig auf den Zahlmeister.

Der Kapitän schwieg, und auch Donadieu, der neben ihm an der Reling lehnte, sagte kein Wort.

Auf dem ganzen Schiff, das mit einem plätschernden Geräusch und dem dumpfen Dröhnen der Maschinen durch die Nacht glitt, schien das Leben erstorben.

Plötzlich ertönten schnelle Schritte, und gleich darauf erschien die magere Gestalt Hurets, der nichts anhatte außer einem gestreiften Schlafanzug, der über seiner Brust offenstand.

Er lief nicht, er rannte. Donadieu war nahe daran, sich ihm in den Weg zu stellen, und bereute kurz darauf, daß er es nicht getan hatte.

Huret mußte Lachaux nicht erst lange suchen. Sein Instinkt trieb ihn ihm direkt entgegen.

Seine Haare waren wirr, seine Augen blitzten, er keuchte.

»Haben Sie mich beschuldigt, ein Dieb zu sein? He? Haben Sie verlangt, daß man meine Kabine durchsucht?«

Lachaux, der eine schlechte Position hatte, weil er saß, machte eine Bewegung, um aufzustehen.

»Sind Sie es, Sie alter Schuft, Sie Halsabschneider, Sie Mörder, der es wagt, andere Leute in Verdacht zu bringen?«

Donadieu machte zwei Schritte auf ihn zu. Einer der Offiziere stand auf. Barbarin und der Hauptmann, die bei der Durchsuchung dabeigewesen waren, tauchten auf, aber der Zahlmeister kam nicht mit ihnen.

»Ich bin nicht der Dieb, das wissen Sie ganz genau! Wenn hier jemand ist, der sein Leben lang gestohlen hat...«

Er hatte jede Kontrolle über sich verloren. Er zitterte am ganzen Leib, seine Gesten waren fahrig, und da er nichts anderes zu sagen wußte, schrie, ja heulte er:

»Sie Schuft!... Sie Schuft!... Sie Schuft!«

Dabei packte er Lachaux bei den Haaren, an der Kehle,

überall, wo er ihn zu fassen bekam; der andere warf sich auf seinem Stuhl herum, um dem Zugriff des Gegners zu entgehen, fiel mit ihm um und rollte zu Boden.

Huret hätte ihn weiter gewürgt und auf ihn eingeschlagen, hätte ihn Donadieu nicht bei den Schultern gepackt.

»Beruhigen Sie sich! Beruhigen Sie sich!«

Man hörte Hurets Keuchen, sah auf dem Boden die hellen Umrisse von Lachaux' massigem Körper, der mit dem Aufstehen wartete, bis man seinen Angreifer entfernt hatte.

»Meine Herren...«, begann der Kapitän.

Doch er wußte nicht, was er noch sagen sollte, zumal weitere Passagiere, von den Durchsuchungen aufgewacht, auf Deck erschienen.

»Meine Herren, ich... Ich bitte Sie...«

Hurets magere Brust hob und senkte sich heftig, und Donadieu warf Barbarin einen fragenden Blick zu. Barbarin schüttelte den Kopf.

Man hatte in der Kabine nichts gefunden.

9

Vom Zahlmeister erfuhr Donadieu am nächsten Morgen nähere Einzelheiten. Für die Passagiere gab es beim Aufwachen eine Überraschung: Es regnete in Strömen. Und sie waren über diesen erfrischenden Regen, den es von nun an wieder gab, so ausgelassen wie Kinder, die sich im ersten Schnee wälzen. Es war ein ganz neues Schauspiel, das nasse Deck, der Vorhang von durchsichtigen Regentropfen, die vom oberen Laufsteg herabrieselten; und nebst dem regelmäßigen Trommeln des Regens hörte man das Wasser durch die Wasserrinnen rauschen.

Die Chinesen auf dem Vorschiff waren sehr fröhlich, obwohl sie keinen Unterschlupf hatten, und einige benutzten alte Säcke oder sogar Kochtöpfe als Regenschutz.

Die Passagiere holten zum ersten Mal wieder dunklere Wollkleidung aus ihren Koffern, und es war ganz eigenartig, blau oder schwarz gekleidete Menschen auf dem Schiff zu sehen.

Das Meer war grau und hatte weiße Ränder. Das Schiff schlingerte ein wenig, vor allem war es wegen der anschlagenden Wellen mit viel Schaum umgeben.

Donadieu hatte gerade seine Runde um das Deck gemacht. In der Bar hatte er Lachaux, Grenier und Barbarin gesehen, die schweigend rauchten. Madame Bassot unterhielt sich auf dem Vorderdeck mit einem der Leutnants. Madame Dassonville hatte offenbar ihre Kabine noch nicht verlassen, und Huret war ebenfalls nicht da.

Der Arzt traf Neuville, als dieser zum Kapitän unterwegs war. Er brauchte ihn nicht erst auszufragen.

»Eine scheußliche Geschichte«, sagte der Zahlmeister. »Der Kapitän hat sie schon einzeln bei sich empfangen.«

»Huret und Lachaux?«

»Lachaux schäumt vor Wut, und Huret spielt sich auf wie ein Kampfgockel. Und am Ende bin ich auch noch schuld, weil ich die Hurets in die erste Klasse aufgenommen habe.«

Donadieu und der Zahlmeister gingen auf und ab, und ein paar Passagiere verfolgten sie mit den Augen. Neuville erzählte von der nächtlichen Durchsuchung.

»Bei dem Sägereibesitzer lief alles glatt ab. Er hatte sich gerade hingelegt und das Licht ausgemacht, und er war erstaunt, aber er hat anstandslos alle Formalitäten über sich ergehen lassen. Bei Huret dagegen…«

Die Aufgabe des Zahlmeisters war sehr schwierig gewesen. Als er an die Tür der Kabine 7 geklopft hatte, hatte er etwas gehört, was nach Schluchzen klang, aber er hatte es nicht weiter beachtet. Er mußte mehrmals klopfen, bis die Tür aufging. Ein Huret mit gerunzelter Stirn und finsterem Blick empfing ihn.

»Entschuldigen Sie die Störung, aber an Bord ist ein Diebstahl begangen worden, und es ist meine Aufgabe…«

Neuville hatte sein Sprüchlein heruntergeleiert, und die Gesichtszüge seines Gegenübers verhärteten sich zusehends.

»Und warum kommt man gerade in meine Kabine?«

»Es ist nicht die einzige. Wir waren auch schon bei...«

Huret hatte wütend mit einem Fußtritt die Tür ganz aufgestoßen. Auf einem der Betten saß seine Frau und trocknete sich die Tränen. Die Besucher waren mitten in einen Ehestreit geraten. Das Kind im Bett gegenüber hatte die Augen offen und einen leidenden Gesichtsausdruck.

»Verzeihung, Madame...«

»Ich habe alles gehört.«

Sie hatte nichts an außer einem gemusterten Morgenmantel, stand auf und stellte sich in eine Ecke, während ihr Mann reglos dastand und den Dingen ihren Lauf ließ. Dann plötzlich stürzte er hinaus, rannte auf die Bar-Terrasse und fiel über Lachaux her.

»Und seine Frau hat nichts gesagt?« fragte Donadieu.

»Sie hat versucht, ihn zurückzurufen, aber er wollte nicht auf sie hören, und dann hat sie nichts mehr gesagt, sie hat nur, als wir weg waren, die Tür hinter uns zugesperrt.«

Die Szene auf Deck war in wenigen Augenblicken zu Ende gewesen. Der Kapitän hatte erst mit Huret, dann mit Lachaux gesprochen.

»Meine Herren, ich bitte Sie, wieder Ihre Kabinen aufzusuchen. Morgen früh stehe ich Ihnen zur Verfügung, um die Folgen des Vorfalls zu klären.«

Vor allem die Offiziere hatten sich noch einige Minuten auf Deck unterhalten, dann waren alle schlafen gegangen.

Der Regen an diesem Morgen war glücklicherweise eine Ablenkung. Dennoch hörte man sich nach den letzten Neuigkeiten um. Jeder, der an der Terrasse vorbeikam, warf einen Blick auf Lachaux, der mit seinem ganzen Gewicht in seinen Korbsessel gedrückt dasaß und zynisch der allgemeinen Neugier trotzte. Man hätte meinen können, er versuche, so grob, so häßlich und so widerwärtig wie möglich zu sein. Er trug ein Hemd ohne Kragen, das über seiner Brust offenstand, und um zehn Uhr vormittags hatte er immer noch Pantoffeln an den nackten Füßen.

In diesem Aufzug erschien er um neun Uhr auf dessen Wunsch beim Kapitän.

»Ich vermute, daß Sie erwarten, daß sich Monsieur Huret bei Ihnen entschuldigt«, sagte dieser. »Ich werde mit ihm reden und ihn bitten, Vernunft anzunehmen.«

»In erster Linie will ich meine Brieftasche wiederhaben.«

»Die Untersuchung geht weiter, und nichts hindert Sie daran, in Bordeaux Klage einzureichen.«

»Es hindert mich auch nichts daran, der Gesellschaft mitzuteilen, daß ich von einem Passagier mißhandelt und beleidigt worden bin, der unberechtigterweise erster Klasse gereist ist.«

Mehr hatte man nicht erreicht. Lachaux wußte, daß man ihn fürchtete. Und er wußte auch, daß die verantwortlichen Personen, die Huret diese Gunst erwiesen hatten, Strafmaßnahmen zu gewärtigen hatten.

Kurz nachdem er sich auf die Terrasse gesetzt hatte, sah er, wie Huret ebenfalls auf die Kommandobrücke zusteuerte.

Der Zahlmeister war bei der Unterredung anwesend. Der Unterschied zwischen Lachaux, der soeben dagewesen war, und seinem Gegner war so auffallend, daß selbst der Kapitän in Verlegenheit geriet.

Lachaux war hart wie ein Granitblock, und Huret würde mit der ohnmächtigen Wut seines jugendlichen Alters umsonst gegen ihn ankämpfen.

Man hatte das unbestimmte Gefühl, daß Lachaux schon mit vielen jungen Leuten dieser Art so umgesprungen war.

»Ich gehe vor allem davon aus, Monsieur Huret, daß Sie beabsichtigen, sich bei Ihrem Gegner der vergangenen Nacht zu entschuldigen.«

»Nein.«

Er war bleich und mager, angespannt wie die Saite einer Geige und jederzeit bereit, wieder aggressiv zu werden.

»Es ist meine Aufgabe, mich einzuschalten und dafür zu sorgen, daß diese unerträgliche Situation ein Ende findet. Sie haben sich Monsieur Lachaux gegenüber vergessen, als Sie –«

»Ich habe gesagt, daß er ein mieser Schuft ist, und alle Welt weiß, daß das stimmt, Sie wissen das genausogut wie ich!«

»Ich muß Sie bitten, sich zu mäßigen.«

»Er hat gesagt, ich sei ein Dieb!«

»Entschuldigen Sie. Die Brieftasche ist ihm gestohlen worden, und er hat darum gebeten, daß bei den Passagieren, die sich zu dem Zeitpunkt, als der Gegenstand abhanden kam, in der Nähe seines Tisches aufgehalten hatten, eine Durchsuchung vorgenommen wird.«

Doch es war zwecklos, Huret zur Vernunft bringen zu wollen. Er wurde nur um so widerborstiger, je mehr er fühlte, daß er zugleich recht und unrecht hatte.

»Ich lasse mich von solch einem Schuft nicht beschuldigen!«

»Ich bitte Sie lediglich darum, mit Rücksicht auf die Passagiere und einen guten weiteren Verlauf dieser Reise einige Sätze des Bedauerns auszusprechen.«

»Ich bedaure gar nichts.«

Der Kapitän hatte nicht vorgehabt, Druck auszuüben, doch nun fühlte er sich gezwungen, auf das Thema zu kommen.

»Es tut mir leid, Monsieur Huret, aber ich muß Ihnen dazu etwas sagen. Der Zahlmeister hat gedacht, er müßte Sie wegen Ihres kranken Kindes –«

»Ich verstehe.«

»Lassen Sie mich ausreden...«

»Das ist überflüssig. Sie wollen mir doch zu verstehen geben, nicht wahr, daß man mich, ohne daß ich ein Recht darauf hätte, in der ersten Klasse reisen ließ, aus Barmherzigkeit sozusagen!«

»Es geht nicht um Mitleid. Monsieur Lachaux hat –«

»Sie brauchen sich keine Sorgen zu machen. Ich ziehe sofort in die zweite Klasse um, und dann...«

Es war unmöglich, ihn zu beruhigen. Er wurde nicht rot, er blieb bleich und verkrampft. Seine Stimme klang scharf.

»Sie bleiben in Ihrer Kabine, und außerdem wäre in der zweiten Klasse gar keine verfügbar. Ich ersuche Sie lediglich, Ihre Mahlzeiten nicht mehr in der ersten Klasse einzunehmen und sich dort nicht aufzuhalten.«

Huret lächelte, es war ein verächtliches, gequältes Lächeln.

»Ist das alles?«

»Ich bedaure sehr, daß die Unterhaltung diesen Verlauf

genommen hat. Sie widersetzen sich leider auf unannehmbare Weise. Noch einmal: Ich appelliere an Ihre Vernunft.«

»Ich werde mich nicht entschuldigen.«

Und dabei blieb es. Er hatte sich steif zurückgezogen, und von da an hatte ihn niemand mehr gesehen.

»Glauben Sie, daß er tatsächlich zum Essen in die zweite Klasse geht?« fragte Donadieu den Zahlmeister.

»Er wird wohl müssen.«

Die beiden Männer trennten sich. Der Arzt hätte gern an die Tür der Kabine 7 geklopft. Aber was sollte er sagen? Und würde man ihn nicht sehr ungnädig aufnehmen?

Der Regen, der auf Deck erfrischend wirkte, machte die Hitze in den Kabinen aufgrund der Feuchtigkeit noch unerträglicher. Donadieu ging eine halbe Stunde unter den Passagieren auf und ab. Lachaux bot sich weiterhin ihren neugierigen Blicken dar, und Barbarin und der Sägereibesitzer, die bei ihm saßen, wirkten wie Ehrenzeugen.

Madame Dassonville erschien in einem Kostüm, das man noch nicht an ihr gesehen hatte und das darauf hinwies, daß man sich Europa näherte. Sie gab sich zu ungezwungen, während sie auf Deck hin- und herlief, als daß man nicht erraten hätte, daß sie Huret suchte und beunruhigt war.

Außer mit ihm hatte sie, abgesehen vom Zahlmeister, mit niemandem Umgang gepflogen, und so wagte sie es nicht, sich nach den Folgen des Zwischenfalls zu erkundigen. Sie fing Gesprächsfetzen auf und versuchte, sie sich zusammenzureimen. Schließlich setzte sie sich auf die Terrasse, an denselben Platz wie in der Nacht zuvor, hinter Lachaux, und zündete sich eine Zigarette an.

Donadieu überlegte einen Augenblick, ob er sich zu ihr setzen und sie informieren sollte, doch das war wieder mal ein Gottvater-Gedanke, und er ließ ihn fallen.

Er fühlte sich unbehaglich. Es war etwas an der Abfolge der Ereignisse, das ihn störte, wie das Quietschen eines schlecht geölten Rades. Er hätte gern der Vorsehung einen Schubs gegeben, um sie in die rechten Wege zu leiten.

Er hatte auf eine Katastrophe gewartet, er hatte gespürt, daß Huret auf einer schiefen Bahn abwärts glitt, die er wahrscheinlich nicht wieder hinaufklettern konnte. Doch er hätte sich den Absturz nicht so vorgestellt.

Das war denn doch zu abgeschmackt, zu schäbig!

War er tatsächlich so dumm gewesen, eine Brieftasche zu klauen und sie ausgerechnet Lachaux zu klauen?

Mit gesenktem Kopf begab sich Donadieu in seine Kabine, um sich vor dem Essen die Hände zu waschen.

Vor seiner Tür fand er sich plötzlich Huret gegenüber, der dort auf ihn gewartet hatte.

»Sie wollen mich sprechen?«

»Ich möchte Ihnen vor allem etwas zurückgeben.«

Nachdem er die Tür schon geöffnet hatte, machte er dem jungen Mann ein Zeichen einzutreten. Er wies ihm einen Stuhl, doch Huret lehnte es ab, sich zu setzen, und holte die zehn Hundertfrancscheine aus der Tasche, die der Arzt ihm tags zuvor gegeben hatte.

»Nach dem, was geschehen ist, ziehe ich es vor, niemandem etwas schuldig zu bleiben. Ich bitte Sie also, mir meinen Scheck zurückzugeben. Hier ist Ihr Geld.«

Wenn man ihn so ansah, hätte man meinen können, er wolle die ganze Menschheit herausfordern. Selbst seine

Einsamkeit und seine Schwäche schienen ihn zu berauschen, er fühlte sich als Märtyrer, und für ein paar Augenblicke vergaß Donadieu das Drama, das sich abgespielt hatte, und betrachtete Huret wie ein Wundertier.

»Warum wollen Sie mir das Geld zurückgeben? Sie haben mir ja einen Scheck ausgestellt.«

»Das wissen Sie genau!«

»Nein«, beteuerte der Doktor aufrichtig.

»Doch, Sie wissen es. Als ich gestern bei Ihnen war, haben Sie mich gezwungen zuzugeben, daß ich kein Geld auf der Bank habe.«

»Aber Ihre Gesellschaft schuldet Ihnen doch...«

»Sie haben mir auch erklärt, daß meine Gesellschaft erst nach einem langen Prozeß zahlen wird.«

»Und Ihre Tante?«

Huret lächelte spöttisch.

»Meine Tante wird mich höchstwahrscheinlich zum Teufel jagen, auch das haben Sie mir zu verstehen gegeben. Die tausend Franc haben Sie mir gegeben, obwohl Sie davon ausgingen, daß Sie sie nie wiederkriegen, vielleicht aus Mitleid, vielleicht, weil Sie mich herausfordern wollten.«

Er hatte nicht ganz unrecht, und heute war es Donadieu, der um seine Selbstsicherheit bangen mußte.

»Sie können mir die tausend Franc zurückgeben, wann Sie wollen«, sagte er auf gut Glück.

»Ich wollte sie Ihnen so oder so zurückgeben, es hätte nur vielleicht eine Weile gedauert.«

»Ich habe es nicht eilig.«

»Jetzt ist es zu spät. Ich will nichts geschenkt haben. Von niemand!«

Im Grunde war er ein Kind. Manchmal hatte man das Gefühl, seine Erregung würde im nächsten Augenblick in sich zusammenfallen und er würde losheulen wie ein allein gelassenes Kleinkind.

»Sie haben gesagt, Sie haben kein Geld, um Ihre Rechnung an der Bar zu bezahlen.«

»Dann werde ich sie eben nicht bezahlen.«

»Sie werden Schwierigkeiten bekommen.«

»Das ist mir egal. Ich weiß schon, was Sie denken. Sie sagen sich, wenn ich Ihnen das Geld zurückgebe, dann deshalb, weil ich ja das aus der Brieftasche habe.«

Donadieu hatte in der Tat daran gedacht und wurde rot, obwohl er den Gedanken sofort wieder verworfen hatte. Nein, er war ganz sicher, daß Huret das Geld nicht gestohlen hatte! Das wäre einfach zu dumm gewesen.

»Sie sind ungerecht«, sagte er seufzend.

»Entschuldigen Sie. Aber ich habe vielleicht Gründe dafür, daß ich es bin. Geben Sie mir den Scheck zurück, und alles ist bereinigt.«

Wenn Donadieu jetzt zögerte, so deshalb, weil er das Gefühl hatte, daß damit etwas Endgültiges geschah, ja daß es Hurets Todesurteil sein würde. Es war nur ein Gefühl, das sich auf nichts stützte. Er klammerte sich trotz allem an eine letzte Hoffnung.

»Setzen Sie sich einen Augenblick.«

»Ich versichere Ihnen, ich habe Ihnen nichts mehr zu sagen.«

»Und wenn ich Ihnen etwas zu sagen habe? Schließlich bin ich der Ältere.«

Donadieu sprach mit bewegter Stimme, und als er sich

dessen bewußt wurde, errötete er wieder und wandte den Blick ab. Dennoch fuhr er fort:

»Ich kenne Ihre Frau. Sie hat eine schlimme Zeit hinter sich. So, wie es aussieht, besteht die Hoffnung, daß Ihr Kind weiterlebt. Haben Sie daran schon einmal gedacht, Huret?«

»Woran?«

»Das wissen Sie sehr gut. Sie fühlen es. Heute abend sind wir in Teneriffa. In ein paar Tagen setzen Sie den Fuß auf französischen Boden, und dann –«

»Und dann?« fragte der junge Mann ironisch.

»Hören Sie, Sie sind ein junger Bengel, und ich sage Ihnen, Sie sind ein blöder Bengel! Sie vergessen, daß Sie nicht allein auf der Welt sind!«

Erst beim Reden wurde sich Donadieu bewußt, was er tat. Sprach er nicht mit Huret, als hätte dieser angekündigt, er wolle sich umbringen? Dabei hatte er nichts dergleichen geäußert.

Der Arzt schwieg, blickte auf den Scheck, den er in der Hand hielt, die gleichmäßige Unterschrift, den Tintenklecks.

»Geben Sie ihn mir zurück oder zerreißen Sie ihn. Mir ist das ganz egal.«

Huret drehte sich um und wollte gehen. Er hatte bereits die Hand auf dem Türknauf.

»Glauben Sie mir! Noch ist es Zeit, die Sache einzurenken. Daß Sie sich bei Lachaux entschuldigen sollen, ist eine reine Formalität ohne Bedeutung, ein unangenehmer Augenblick, der vorübergeht. Niemand an Bord wird sich darüber täuschen, wie es gemeint ist.«

»War das alles?«

»Wenn Sie den Mut dazu nicht aufbringen, verlieren Sie meine... meine Achtung.«

Donadieu hatte überlegt, bevor er das Wort aussprach. Beinahe hätte er nämlich »Freundschaft« oder »Zuneigung« gesagt.

Er wußte nicht, wie es dazu gekommen war, aber mehr und mehr hatte er das Gefühl, daß diese Minuten die entscheidenden waren, und er war wild entschlossen, Huret zu retten, als ob es allein in seiner Macht stünde.

»So, Sie haben Achtung vor mir?« sagte der junge Mann spöttisch und mit verächtlicher Miene.

Was konnte er noch sagen? Was sollte er antworten?

Nehmen Sie Ihre tausend Franc zurück, Huret.«

»*Ihre* tausend Franc!«

»Meine, wenn Sie wollen. Nehmen Sie sie. Wir sehen uns in Frankreich wieder.«

»Nein!«

Seine Hand drehte den Türknauf um. Donadieu war sicher, daß auch sein Besucher zögerte, die Unterhaltung abzubrechen und sich ins Ungewisse zu stürzen. Irgend etwas hielt ihn zurück, sicher sein Stolz, und dieser Gedanke, daß ein Mann aus albernem Stolz unterging, dieser Gedanke konnte einen zur Weißglut bringen!

Es war Scham, das ließ sich nicht leugnen, ebenso alberne Scham, die Donadieu davon abhielt, weiter in ihn zu dringen.

»Danke für das, was Sie für mich getan haben...«

Die Tür stand offen, draußen sah man Leute durch den Gang zum Speisesaal gehen. Huret war verschwunden,

Donadieu blieb zurück. Ihm war so übel, als wäre er seinerseits seekrank.

Es brachte ihn nicht aus der Fassung, einen Mann, eine Frau oder ein Kind sterben zu sehen. Er sah gelassen der Tatsache ins Auge, daß etwa sieben Chinesen weniger an Bord sein würden, noch bevor sie Bordeaux erreichten, und daß ein Dutzend weitere nie den Fernen Osten erreichen würden. Krankheit war für ihn, vielleicht weil er sich an sie gewöhnt hatte, ein ganz normaler Bestandteil des Lebens.

Hurets Baby hätte in diesem Augenblick sterben können, er hätte lediglich mit den Schultern gezuckt. Huret selbst hätte einer Hämaturie erliegen können…

Das war es nicht! Was ihn rasend machte, war das Mißverhältnis zwischen Ursache und Ergebnis.

Was war denn im Grunde schon geschehen? Ein kleiner Buchhalter in Brazzaville hatte ein krankes Kind und entschloß sich nach einigen Monaten, nach Europa zurückzukehren.

Hätte dieser kleine Buchhalter zehntausend Franc gehabt, wäre alles gutgegangen. Das Kind lebte ja noch und konnte als gerettet betrachtet werden, nachdem nun die Temperaturen sanken.

Aber es war kein Geld in Aussicht! Man quartierte ihn wie einen armen Verwandten in der ersten Klasse ein. Und er wurde seekrank…

Donadieu wusch sich mechanisch die Hände, kämmte sich und säuberte sorgfältig seine Fingernägel.

Nichts Dramatisches war geschehen. Nur Lächerlichkeiten und Zufälle.

Zum Beispiel, daß der Zahlmeister Angst bekommen hatte vor der Begehrlichkeit und den Unvorsichtigkeiten von Madame Dassonville.

Daß diese wiederum an dem Tag, als die kleinen Pferderennen stattfanden, ein Auge auf Huret warf, nur, um Neuville wütend zu machen.

Daß...

Alles einfach! Auch der Vorfall mit den Losen für die Tombola.

Wenn man alle diese Einzelheiten aus der Distanz betrachtete, sahen sie aus wie ein Haufen Krebse, die durcheinanderwimmeln.

Das Resultat...

Donadieu zuckte die Achseln. Das Resultat kannte er nicht, und er begab sich mit seinem gewohnten gleichmäßigen Gang in den Speisesaal, denn nichts war in der Lage, seine Bewegungen zu verlangsamen oder zu beschleunigen.

Der Kapitän, der Lachaux nicht von seinem Tisch vertreiben, ihm vermutlich aber auch nicht seinen Beifall dadurch aussprechen wollte, daß er in seiner Gesellschaft aß, hatte ausrichten lassen, er sei verhindert.

Madame Dassonville saß allein an einem Tisch und versuchte, gelassen zu erscheinen, wobei sie die Ungezwungenheit ihrer Gesten übertrieb.

Hatte man ihr mitgeteilt, daß Huret in die zweite Klasse verbannt war? Und fühlte sie sich, wenn sie es wußte, nicht gedemütigt?

Donadieu gab dem Chefmaschinisten, der ihm beim Essen gegenübersaß, zur Begrüßung die Hand.

»Gibt's was Neues?«

»Wenn kein Sturm kommt, geht alles glatt. Das einzige Problem ist, wie wir durch den Golf kommen. Übrigens –«

»Was?«

»Lachaux scheint weiter seine dummen Scherze zu treiben. Vor einer Viertelstunde hat er in der Bar lauthals verkündet, daß er sich, wenn er den Verrückten noch einmal an Deck sähe, ganz gleich zu welcher Tages- oder Nachtzeit, bei der Gesellschaft beschweren würde. Außerdem hat er verlangt, daß er den ganzen Tag lang fließendes Wasser bekommt.«

»Und der Kapitän?«

»Ist verärgert. Er wird Sie zu sich rufen, um über den Verrückten zu reden. Nachdem es jetzt kühler ist…«

Donadieu seufzte und sah zu Lachaux hinüber, der betont rüpelhaft mit beiden Händen einen Hühnerflügel aß.

»Was das Wasser betrifft, so kann man ihm kaum welches geben, ohne allen Passagieren welches zu geben, denn es ist eine Leitung, die alle Kabinen versorgt.«

»Und gibt man ihm welches?«

»Bis zur äußersten Grenze.«

Huret war natürlich abwesend. Donadieu war überrascht, als er bemerkte, daß ihm die Patientin, die er am Vortag sich hatte ausziehen lassen, einen innigen Blick zuwarf. Ihr kleiner Gatte aß so gierig, als wollte er sämtliche Entbehrungen des Koloniallebens wieder wettmachen.

»Ah, ein Treffer!« rief der Maschinist, als er den verstohlenen Blick der Dame bemerkte.

»Danke!«

Ein andermal hätte er sich vielleicht geschmeichelt gefühlt. Sie war durchaus appetitlich, trotz des Kontrastes zwischen ihrem bleichen Körper und den sonnengebräunten Armen. Nackt sah sie aus, als hätte sie lange Handschuhe an, die ihr bis zu den Achselhöhlen reichten.

»Was für eine fürchterliche Reise!« knurrte der Maschinist, ohne daß er genau wußte, warum.

Man hat ein Gefühl für diese Dinge, wenn man daran gewöhnt ist, für drei Wochen Leute an Bord zu haben. Eine Frage der Witterung. Schon am ersten Tag weiß man, ob die Fahrt gut oder schlecht verlaufen wird.

»Und Ihre Chinesen?«

»Drei oder vier werden wohl noch sterben«, antwortete Donadieu und nahm sich Kompott.

Der Zahlmeister kam zu spät und flüsterte dem Arzt ins Ohr:

»Er ist in seiner Kabine. Ich komme gerade von der zweiten Klasse. Er hat keinen Fuß in den Speisesaal gesetzt!«

10

Noch bevor er die Augen öffnete, ja, noch bevor er ganz bei Bewußtsein war, wußte Donadieu, daß ein unangenehmer Tag begann. Eine eigentümliche Übelkeit, ein anhaltender Kopfschmerz, der bei der geringsten Bewegung stärker wurde, erinnerte ihn daran, daß er in der vergangenen Nacht drei oder vier Pfeifen mehr geraucht hatte als sonst. Und jedesmal, wenn das geschah, schämte er sich wie jemand, der bei einer unanständigen Handlung ertappt wird.

Der Anblick der kleinen Öllampe war ihm zuwider, er stellte sie in den Schrank. Dann nahm er, scheinbar so ruhig und ausgeglichen wie alle Tage, eine Tablette und begann mit der Morgenwäsche, wobei er hin und wieder auf die Geräusche im Schiff horchte.

Warum hinterließ eine solche Nacht in ihm unweigerlich eine derartige Bitterkeit? Er hatte seine paar Pfeifen geraucht wie jeden Abend. Wie jeden Abend war er in Versuchung gewesen, weiterzurauchen, und seine Hand hatte sich nach dem Opiumgefäß und der Nadel ausgestreckt. Er hatte ihr nachgegeben, und er fühlte sich gedemütigt. Trotzdem versuchte er, etwas von der nächtlichen Stimmung wiederzufinden.

Es war nichts Ungewöhnliches geschehen. Er hatte keine

wilden Träume und keine besonderen Empfindungen gehabt.

Alles im Schiff schlief noch. Auf einem glatten Meer ohne Wind, auf dem sich durch einen Seegang von den Weiten des Atlantik her große Wogen bildeten, näherte man sich Teneriffa.

Das Bullauge stand offen und ließ einen Luftzug herein, den man genoß wie ein kühles Getränk. In der Ferne war ein vom Mond versilbertes Stück Himmel zu sehen.

Das elektrische Licht war ausgeschaltet, nur die kleine Flamme der Nachtlampe flackerte, und der Luftzug von draußen wirbelte Schwaden von fadem Opiumgeruch durch die Kabine.

Doch Donadieu, der auf dem Bett lag und auf die hellblaue Scheibe des Bullauges starrte, ohne sie zu sehen, beschäftigte etwas anderes.

Ob er schwitzte oder sein Puls schneller schlug, war ohne Bedeutung für ihn. Er lebte nicht sein eigenes Leben, er lebte zehn Leben, hundert Leben oder vielmehr ein einziges sehr vielschichtiges Leben, das des ganzen Schiffes.

Er kannte die Route. Er brauchte nicht an Deck zu sein, um zu wissen, daß bereits die mit einigen Lichtern besetzten hohen Vorberge in Sicht kamen. Vielleicht waren auch schon Fischerboote in der Nähe, die still das Weite suchten.

Der Kapitän stand in seinem Anzug auf der Kommandobrücke, achtete auf den Kurs und hielt nach dem Lotsenschiff Ausschau.

Es war bereits keine afrikanische Nacht mehr, sondern fast schon eine Mittelmeernacht. Die Passagiere waren bis ein Uhr morgens auf der Bar-Terrasse geblieben. Eine halbe Stunde später hatte Donadieu ein Flüstern und verhaltenes Lachen gehört, und er wußte, daß Madame Bassot mit einem der Leutnants ein verschwiegenes Plätzchen suchte.

Mehr noch: Er wußte schon, daß das Paar oben auf dem Bootsdeck landen würde, denn alle Fahrten ähneln sich; die gleichen Leute tun die gleichen Dinge an den gleichen Orten.

Er war nicht eifersüchtig. Es machte ihm Spaß, sich vorzustellen, wie Isabelles seidenes Kleid langsam über ihre weißen Schenkel emporrutschte.

Madame Dassonville schlief, und sie war sicher in schlechter Stimmung eingeschlafen. Hatten sie die letzten Ereignisse nicht ziemlich hart getroffen? Sie hatte Huret nicht einmal mehr wiedergesehen. Er hatte den ganzen Nachmittag und Abend seine Kabine nicht verlassen. Sie wußte jetzt, daß er ein Passagier zweiter Klasse war, der nur aufgrund einer Vergünstigung in die erste aufgenommen worden war.

Sie ärgerte sich, und in erster Linie grollte sie dem Zahlmeister, der ganz ungeniert herumlief, mit einem bübischen Blitzen in seinen hübschen Jungenaugen.

Die Schiffsschraube lief, das Schiff hatte kaum Neigung. Donadieu liebte die starke, schaukelnde Bewegung des Seegangs, doch Huret in seiner viel zu heißen Kabine litt sicher immer noch sehr.

Nachmittags war der Arzt mehrmals vor der Tür von Kabine 7 stehengeblieben, in der Hoffnung, sie würde ganz unerwartet plötzlich aufgehen. Er hatte sich vorgebeugt, um etwas zu hören, und leises Flüstern vernommen.

Was hatte das Paar in all den Stunden miteinander geredet? Wußte Madame Huret, daß ihr Mann etwas mit einer anderen Frau auf dem Schiff gehabt hatte? Erriet sie die sehr verschiedenen Anlässe für seine Erregung? Hatte sie ihm Vorwürfe gemacht?

Was für Gründe gab er dafür an, daß er um keinen Preis die Kabine verlassen wollte? Er hatte sich nichts zu essen bringen lassen. Um ein Uhr und um sieben Uhr hatte man seiner Frau das Essen gebracht, und Donadieu hatte geglaubt, daß die Tür sich endlich öffnen würde.

Sie öffnete sich nur einen Spaltbreit. Madame Huret war erschienen und hatte das Essen entgegengenommen.

Hatten sie sich die Mahlzeit geteilt? War Huret bis zuletzt stur geblieben, hatte er wütend auf seinem Bett gelegen und einen Punkt an der Wand angestarrt?

Donadieu glaubte die beiden vor sich zu sehen, ihn auf dem oberen Bett, unfähig einzuschlafen, mit leerem Magen, die Zähne zusammengepreßt, sie unten, halbnackt, die Decke zurückgeworfen, das Haar auf dem Kopfkissen ausgebreitet.

Wachte sie manchmal auf und horchte, ob das Kind noch atmete?

Hob sie den Kopf und fragte leise:

»Schläfst du, Jacques?«

Er, da war Donadieu sicher, tat, als ob er schliefe, und würgte einsam seinen Zorn hinunter.

Wenn er jetzt daran dachte, war es dem Doktor wie eine

Last auf der Seele, doch nachts, als er seine Pfeifen geraucht hatte, war es etwas anderes gewesen. Heute morgen war er wieder ein Teil der Menschenwelt und ihrer Sorgen, doch ein paar Stunden zuvor war er weit fort von allem gewesen, heiter und kaum berührt vom Tun und Lassen der winzigen Lebewesen, die sich zwischen den eisernen Wänden des Schiffes bewegten.

Außerdem nannte er es nur aus Gewohnheit ein Schiff! Es war lediglich ein Stück Materie mit Leben darin, das auf dem Wasser schwamm, das mit regelmäßigem Tuckern einigen Felsen entgegentrieb. Denn die Kanarischen Inseln ihrerseits waren nichts als Felsen mit Leben obendrauf.

Das Wesentliche war, daß die Luft kühl war, daß er sich so wohl dabei fühlte, nackt auf dem rauhen Leinen zu liegen, daß er seinen Körper nicht mehr spürte.

Er wußte alles! Er hatte einen wunderbar scharfen Verstand. Er hörte zum Beispiel das Klicken des Telegrafen, und er wußte, daß der Kapitän jetzt anordnete, die Geschwindigkeit zu verringern, weil er die Lichter des Lotsenschiffes zu sehen glaubte. Er sah diese Lichter mit geschlossenen Augen, er sah sie zwischen Himmel und Meer im dunklen Wasser der Mondnacht schwanken.

Barbarin schnarchte. Er schlief auf dem Rücken, daran bestand kein Zweifel, und ab und zu bewegte er sich und gab ein Grunzen von sich.

Auch Lachaux sah Donadieu vor sich, wie vernichtet auf seiner Matratze liegend, wie ein großes krankes Tier sich unablässig hin und her werfend, schnaufend und die Bettdecke von sich wegziehend, ohne Ruhe zu finden. Sein Schweiß roch schlecht. Er hatte sich eine Flasche Vichy kommen lassen und trank sie während der Nacht aus, in kleinen Schlucken, immer wenn er aufwachte. Gleich würde Madame Bassot den kleinen Leutnant ein letztes Mal küssen und gehen, zufrieden und leichtfüßig. Sie würde schnell in den Gang schlüpfen, um nicht dem diensthabenden Steward zu begegnen.

War nicht alles vollkommen, wie es war? Ein Chinese würde sterben, sanft, die Augen gen Himmel gerichtet, allein in der Krankenabteilung, während Mathias in der Kabine daneben, wo die Medikamente aufbewahrt wurden, den Schlaf des Gerechten schlief.

Die übrigen Chinesen lagen durcheinander auf dem Backdeck. Sie wollten keine Hängematten, und sie schliefen so friedlich wie gesunde Tiere.

Der Beamte mit dem kreideweißen Gesicht, der am Tisch des Kapitäns aß, würde nicht mehr nach Afrika zurückkehren. Er würde fischen, und er würde seinen Kahn malen, in so schlichten Farben, wie sie sein Dorf an den Ufern der Loire oder in der Dordogne hatte.

Huret konnte nicht schlafen, doch was machte das schon? Es mußte verschiedene Menschen geben und verschiedene Schicksale. Huret war geboren, um gefressen zu werden, wie Lachaux geboren war, um andere zu fressen.

Die Berge am Horizont wurden größer. Die Wachoffiziere und die Matrosen machten sich zum Laden bereit, und man hörte das Öffnen der Ladeluken. Immer dieselbe Fracht: Bananen!

Morgen würden sämtliche Passagiere für zehn Franc Kistchen mit angeblichen Havannazigarren kaufen, und zwei Tage später würden sie sie ins Meer werfen.

Es war immer dasselbe. Der Verrückte schlief in seiner gepolsterten Kabine. Am Quai in Bordeaux würde ihn ein Ambulanzwagen in Empfang nehmen; dann mußte er nackt, abgemagert, bleich und nervös vor den Amtsärzten erscheinen.

Währenddessen ginge Lachaux nach Vichy, um die Saison zu beenden, und die Kunden dritter Klasse – denn es gab überall dritte Klassen! – würden auf ihn zeigen und sich zuflüstern:

»Das ist Lachaux, der in Afrika mehr Land besitzt als zwei französische Departements zusammengenommen.«

Na und? Der Sägereibesitzer würde in der Avenue de Wagram oder an der Place Pigalle Kollegen treffen. Barbarin würde erzählen:

»Einmal, als wir auf dem Schiff gerade Belote gespielt haben...«

Was erhoffte sich Huret davon, daß er sich nicht mehr zeigte? Gar nichts! Er war einfach nur am Ende. Das war es, wie Donadieu die Dinge sah, und er machte sich nicht das geringste aus alledem.

Zuletzt entstand noch einige Aufregung. Es wurde telegrafiert, die Schiffsschraube hörte auf, das Wasser durcheinanderzuwirbeln, steuerbords gab es einen Stoß, die Schaluppe des Lotsen legte an, und er kam an Bord.

Man bot ihm etwas zu trinken an, das war Tradition.

Der Kapitän trank nur einen Fingerhut voll, aus Höflichkeit, und nach dem Festmachen ging er schlafen.

Donadieu hörte das Rasseln der Kette, dann, wie die Winden der Ladebäume in Bewegung gesetzt wurden...

... Eine Lücke, und er fand sich vor dem Spiegel in der

Toilette beim Zähneputzen wieder. Er hatte einen bittern Geschmack im Mund, sein Blick war lauernd.

Mathias klopfte und blieb an der Tür stehen, um wie jeden Morgen seinen Bericht abzugeben.

»Was Neues?«

»Der Chinese ist tot.«

»Sonst noch was?«

»Der Verrückte hat ein Furunkel am Hals. Er wollte mein Taschenmesser, um es aufzuschneiden.«

»Jemand da, der in die Sprechstunde will?«

»Sie wissen doch, sie gehen alle an Land.«

Natürlich! Die Schiffsgesellschaft fuhr sogar, wie vorgesehen, etwa zwanzig Leute zum Tarif von hundert Franc pro Kopf in einem Omnibus zur Besichtigung herum. Der Zahlmeister kümmerte sich darum, schickte jedoch seinen Ersten Offizier, um die Passagiere zu begleiten.

»Ich komme, Mathias.«

Es war ein klarer Tag, wie man ihn seit zwanzig Tagen nicht erlebt hatte. Mit dem bleiernen Himmel war es vorbei. Die Luft war noch heiß, gewiß, sehr heiß sogar, aber es war eine angenehme und gesunde Hitze, die einem nicht den Atem benahm wie die an der afrikanischen Küste.

Durch das Bullauge sah Donadieu ganz normale Menschen, die nicht Neger oder Kolonisten waren, sondern Leute, die hier wohnten, die hier geboren waren und hier ihr Leben verbrachten.

Es gab in allen Farben gestrichene Boote, Fischer und Schoner, die aus La Rochelle oder Concarneau kamen. Es gab richtige Bäume, Straßen, Geschäfte, ein großes Café mit einer Terrasse und öffentlichen Anlagen davor.

Es war Teneriffa, und das heißt, es war schon fast Europa, ein Gemisch von Farben und Tönen, das an Spanien oder Italien erinnerte.

Einige Passagiere waren schon auf und riefen sich etwas zu:

»Vergiß den Apparat nicht!«

Den Fotoapparat natürlich. Die Einheimischen erwarteten die Besucher in Booten und legten ihnen ein Kissen zum Sitzen unter.

Es wurde diskutiert:

»Er verlangt fünf Franc dafür, daß er uns zum Landesteg bringt.«

»Franc oder Peseten?«

»Wieviel ist eine Pesete?«

»Ich wechseln, meine Herren! Ich wechseln! Besserer Kurs als bei Bank.«

Es waren zehn an Bord. Ihren Bauch schmückte ein schwerer Beutel voller Geldstücke.

Donadieu verließ seine Kabine und begegnete dem Zahlmeister, der die Landung überwachte.

»Wie geht's?«

»Und dir?«

»Ist er ausgestiegen?«

»Wer?«

Donadieu wäre beinahe rot geworden, denn nur er war so besorgt um Huret.

»Ich hab' ihn nicht gesehen.«

»Und seine Frau?«

»Auf Deck war sie nicht.«

Sie saßen also noch beide mit dem Kind in ihrer feuchten Kabine. Huret hatte sich weder rasiert noch gewaschen. Er lief in seinem nicht sehr sauberen Schlafanzug herum und spähte sicher durch das Bullauge nach den Passagieren, die von Bord gingen.

Sie gingen alle. Das Paar würde allein an Bord sein, wenn es bliebe. Und sie blieben mit Sicherheit, nachdem sie kein Geld hatten.

»Haben sie heute morgen was gegessen?« fragte Donadieu einen vorbeikommenden Steward.

»Ich habe ihnen ein Frühstück gebracht wie immer. Die Dame hat es entgegengenommen. Ich habe gefragt, wann man die Kabine in Ordnung bringen kann, und sie hat gesagt, es sei nicht nötig.«

Um zehn Uhr hatte sich das Schiff geleert. Madame Dassonville war als letzte gegangen, in einem weißen Mousselinekleid, in dem sie aussah wie ein Schmetterling. Sie hielt ihr Töchterchen an der Hand, hinter ihnen ging die Nurse im blaßblauen Kleid mit weißem Häubchen.

»Gehen Sie zum Essen an Land?« fragte Neuville Donadieu.

»Nein!«

Trotz der Tablette hatte er Kopfschmerzen, er hatte nicht einmal seinen Kaffee getrunken, und er war von einer Angst befallen, die er nicht näher definieren konnte. Er kam sich vor wie jemand, der sieht, wie sich eine Feuersbrunst ankündigt, und der herumläuft, um die Leute zu alarmieren – aber niemand hört auf ihn. Alle leben weiter, trotz der drohenden Gefahr, so als ob nichts wäre.

Die enge Kabine, in der sich drei Menschen eingeschlossen hatten, ging ihm nicht aus dem Kopf. Unwillkürlich ging er immer wieder dort vorbei und lauschte vergeblich an der Tür Nummer 7, ob er etwas hörte.

Was machten sie da drin? Was redeten sie miteinander? Madame Huret war nicht die Frau, die zu allem schwieg. Die Liebe zu ihrem Mann war keine blinde Liebe. Nur, liebte sie ihn überhaupt noch?

Sie nahm es ihm übel, daß er sie nach Afrika gebracht hatte, sie nahm es ihm übel, daß er ihr ein Kind gemacht hatte. Sie nahm es ihm übel, daß er kein Geld verdiente, daß er die Seekrankheit hatte, daß er ihr das Leben nicht leichter machen konnte...

Die Abwesenheit Hurets während der Fahrt hatte sie tief gekränkt, aber daß er jetzt ununterbrochen da war, war für sie sicher noch eine größere Qual.

Denn Huret war unfähig, etwas zu verbergen. Auch im Hafen noch schwankte das Schiff, und Donadieu wußte, daß dieses Schlingern das scheußlichste war. Huret war krank, es war heiß, er hatte zu nichts mehr Vertrauen, nicht einmal mehr zu sich selbst.

Ja, was redeten sie wohl miteinander? Bei welchen verletzenden Bemerkungen waren sie angekommen?

Würden sie nicht schließlich mit dem Kopf gegen die Wand rennen?

Und das war noch das Geringste, was geschehen konnte. Es konnte Schlimmeres geschehen. Es würde ganz sicher Schlimmeres geschehen.

Wenn seine Frau ihm grollte, grollte Huret seiner Frau dann nicht ebenso? War sie es nicht gewesen, die ein krankes Kind zur Welt gebracht hatte, sie, die das afrikanische Klima nicht vertrug, sie, die ihn so viel Geld gekostet und schließlich auch dazu gezwungen hatte, seinen Vertrag zu brechen und ohne Geld abzureisen?

Und dabei war sie noch nicht einmal schön. Selbst wenn sie es gewesen wäre, ihre Schönheit wäre bereits verflogen, und sie würde nie wieder auch nur begehrenswert sein.

Allein konnte Huret gut zurechtkommen, er konnte Belote spielen, pokern, beim Kartonpferderennen gewinnen und eine so gepflegte und elegante Frau wie Madame Dassonville erobern.

Was dachte sie über ihn? Was würde sie ihm sagen, wenn sie ihn wiedersehen würde?

Er hatte nicht einmal mehr das Recht, sie wiederzusehen, nachdem man ihm den Zugang zur ersten Klasse versagt hatte. Von ihrer Kabine aus mußte er wie ein Aussätziger auf dem Hinterdeck erscheinen! Sie würde ihn vom Brückensteg herab sehen. Die Passagiere der zweiten Klasse, Leute wie diese »Marianne« vom Kostümfest, würden ihn in ihrem Speisesaal sehr herablassend empfangen.

Und was würde sich in Bordeaux abspielen? Denn er mußte ja noch seine Rechnung an der Bar bezahlen. Alle Passagiere würden von Bord gehen, und er mußte auf einen Vertreter der Schiffsgesellschaft warten und ihm erklären, daß er keinen Sou besaß.

Es bedeutete nichts, zehnmal, hundertmal nichts, und nachts zuvor, nachdem er seine Pfeifen geraucht hatte, hatte Donadieu darüber gelächelt; doch jetzt machte es ihn ganz krank.

Es bedurfte nur eines Wortes, sagte er sich, eines unvorsichtigen oder ungeschickten Wortes von Madame Huret zum Beispiel...

Hatte sie nicht schon einmal gesagt, sie würde lieber sterben?

Die Passagiere besahen sich die lebhafte Stadt, die Autos, die Passanten in weißen Hosen. Alle würden mit neuen Schuhen zurückkommen, denn Teneriffa ist eine Insel der billigen Schuhe, und sie würden sich in den Restaurants begegnen.

Um drei Uhr thronte eine Gruppe auf der Terrasse des ›Café Glacier‹ in der Nähe des Orchesters, dessen Klänge man nur am Streichen der Bögen erriet: Lachaux, Barbarin und Grenier. Sie mischten sich einen Pernod, wie sie ihn von früher gewohnt waren, mit Zucker auf dem Löffel.

»Haben sie zu Mittag gegessen?« fragte Donadieu den Steward.

»Ich habe ihnen eine Platte mit kaltem Fleisch gebracht, aber sie haben sie kaum angerührt.«

Mein Gott! Hatte der Arzt nicht eigentlich das Recht, an die Tür zu klopfen und zum Beispiel zu sagen:

»Kinder, das ist wirklich nicht der rechte Augenblick, Dummheiten zu machen. Was euch so schrecklich vorkommt, ist in Wirklichkeit gar nicht so wichtig. Alles renkt sich wieder ein im Leben, glaubt mir, und extreme Entscheidungen sind nie die richtigen...«

Das Schiff war fast leer. Nur die Händler, die Spitzen, Souvenirs und Zigarren verkauften, kamen aufs Schiff, obwohl sie wußten, daß die Passagiere nicht vor Anbruch der Dunkelheit zurückkommen würden. Es waren immer die gleichen Gesichter. Donadieu kannte sie schon, und sie kannten den Doktor auch. Sie sahen davon ab, ihm ihre

Waren anzubieten, und lächelten ihm dafür komplizenhaft zu, so als hätten sie ein wenig denselben Beruf.

Der Kapitän änderte nichts an seinen täglichen Gewohnheiten, ganz gleich, ob sie auf Zwischenstation oder auf offenem Meer waren, und niemand hatte ihn jemals an Land gehen sehen. Nach der Siesta hörte ihn Donadieu auf der Brücke herumgehen, wie er seinen Spaziergang machte, aus Gesundheitsgründen, denn auch ein Seemann braucht seine Bewegung.

Fast wäre er zu ihm gegangen und hätte gesagt:

»Man muß irgend etwas tun. Sie sind da zu dritt in der Kabine, führen ein Leben, als existiere das Schiff gar nicht, ein Leben außerhalb der realen Welt, und beschäftigen sich mit ihrem Elend. Heute oder morgen geschieht ein Unglück...«

Der Kapitän hätte ihm nicht einmal geantwortet. Es war nicht seine Angelegenheit. Nur Donadieu hielt sich für Gottvater. Der Kapitän hatte lediglich die Aufgabe, das Schiff zu seinem Zielpunkt zu bringen und dafür zu sorgen, daß die Vorschriften eingehalten wurden. Heute abend zum Beispiel war die Aufforderung an die Offiziere an der Reihe, die Kleidung zu wechseln, denn es war üblich, ab Teneriffa blaue Uniform zu tragen.

Selbst wenn der Kapitän gewollt hätte, was hätte er für Huret tun können? Ihm erlauben, wieder in der ersten Klasse zu essen? Das war nicht mehr möglich. Ihm Geld geben? Er hatte selbst nicht viel. Ihm Ratschläge erteilen?

Huret würde in seinem verbiesterten Zustand auf Ratschläge nicht hören.

Am liebsten wäre Donadieu in seine Kabine gegangen

und hätte einige Pfeifen geraucht, um die wundervolle Gleichgültigkeit der Nacht wiederzufinden und den Gedanken, daß das Scheitern eben mit in der Natur der Dinge liegt. Bei den dreihundert Chinesen gab es schon vier Tote, für die anderen alles in allem ein Vorteil. Bei den zweihundert Weißen gab es einen Verrückten mit einem Furunkel, Huret, der in den Kolonien kein Glück gehabt hatte, die Frau mit dem weißen Körper, die glaubte, sie hätte Blinddarmentzündung, und erst beruhigt wäre, wenn sie ein Chirurg, um ihr die Freude zu machen, auf den Operationstisch legte. War das nicht im Schnitt schon recht passabel?

Lachaux hatte noch zwei Jahre zu leben, da war Donadieu ganz sicher. Der Beamte mit der Pergamenthaut hatte vielleicht noch zehn, da er auf Sparflamme lebte.

Nur: Hurets Fall war einfach idiotisch! Donadieu hatte nach und nach eine persönliche Angelegenheit daraus gemacht. Die verschlossene Tür machte ihn rasend, die Vorstellung machte ihn rasend, daß dahinter drei Menschen in ihrem Saft schmorten und Gedanken dachten, die irgendwann anfangen mußten zu gären.

An die zehnmal ging er durch den Gang, und als er auf Deck zurückkam, war der Zwischenaufenthalt zu Ende, in Teneriffa gingen die Lichter an, Barbarin und seine Begleiter tranken einen letzten Pernod bei Zigeunermusik, und die Boote kamen eins nach dem anderen zum Schiff zurück.

Die Patientin, die sich am Morgen zuvor bei ihm ausgezogen hatte, hatte einen spanischen Schal bekommen, den ihr Mann in einer halben Stunde nebst einer Kiste falscher

Havannas gekauft hatte. Sie legte den Schal zum Abendessen um und war verärgert, als sie drei oder vier ähnliche sah, und nachher beim Kaffee auf der Bar-Terrasse ging es darum, wer den seinen am billigsten erstanden hatte.

Die Hurets waren noch immer nicht aufgetaucht. Sie waren wie Fremdkörper im Leib dieses Schiffes. Sie nahmen nicht mehr am Leben der anderen teil. Dachten sie überhaupt noch daran, daß man eben den Anker lichtete und daß man in vier Tagen in Bordeaux sein würde? Wußten sie, daß die Wettervorhersage günstig war und der Kapitän versicherte, daß man trotz der Schlagseite unbeschadet ankommen würde? Wußten sie, daß in Europa bereits Nachsaison war, daß man im Vorbeifahren das beleuchtete Casino von Royan sehen und sich die Leute im Smoking vorstellen würde, die sich im Bakkaratsaal aufhielten, Liebespaare, die am Strand unter den Lichtergirlanden spazierengingen, wartende Taxis? Die Taxis hörte man manchmal tuten, und das war schon ein Vorgeschmack vom Leben in den Städten.

Das Schiff verließ langsam den Hafen. Donadieu ging auf Deck spazieren, begegnete Passagieren, die in Gruppen beieinanderstanden, warf im Vorübergehen einen Blick auf das vergnügte Gesicht von Madame Bassot, die möglicherweise in der Stadt mit ihrem Leutnant in ein Hotel gegangen war. Jedenfalls kehrte sie in seiner Begleitung zurück.

»Ihre Sache!« brummte er vor sich hin.

Das bezog sich sowohl auf die Hurets wie auf alle anderen. Sein Kater stimmte ihn schwermütig und pessimistisch. Er lehnte sich an die Reling und sah auf das dunkle

Deck der zweiten Klasse hinunter, auf dem außer den erleuchteten Fenstern des Salons nichts zu erkennen war.

Er glaubte einen Schatten zu sehen, den Schatten eines Mannes im Pyjama, mager und blond wie Huret, der durch die Winden und Bananenkisten kroch.

Mit der Geschwindigkeit eines Jägers verließ er das Erste-Klasse-Deck und eilte die Treppe hinunter.

11

Der Wechsel vom Licht in die Dunkelheit hatte zur Folge, daß Donadieu erst einmal eine Weile wie ein Blinder umherstolperte. Er kannte jeden Winkel des Schiffes; trotzdem stieß er mehrmals an und wäre beinahe auf zwei Körper getreten, die von zwei Matrosen, die auf dem Rücken lagen, in die Sterne blickten und miteinander plauderten.

Als hätte er nur auf diesen Augenblick gewartet, fing der Plattenspieler in der ersten Klasse zu spielen an, einen Hawaii-Walzer, den Madame Bassot beim Zahlmeister bestellt hatte.

Die Lichter der Insel waren verschwunden. Nur das Licht eines Seglers flackerte irgendwo, der wahrscheinlich zum Fischen unterwegs war, denn sein Mast stand, wenn das Scheinwerferlicht darauf fiel, wie eine Fischgräte da.

Huret war verschwunden. Donadieu sah sich nach ihm um, genauer gesagt nach dem teilweise dunklen Fleck des Pyjamas, den er kannte.

Er wußte nicht, was er ihm sagen würde. Aber das war unwichtig. Er würde einfach drauflosreden. Er würde in dieser milden Nacht mit den exotischen hawaiischen Klängen im Hintergrund den Argwohn des besessenen Toren auflösen, ihm Mut machen, auf jeden Fall jedoch verhindern, daß das Drama hier an Bord stattfand.

Dunkelheit lag um den Salon, der auf das Achterdeck gebaut war, aus seinen Fenstern drang nur ein schwacher gelblicher Lichtschein. Oben auf dem Promenadendeck gingen die Passagiere der ersten Klasse in der frischen Luft spazieren, schlenderten in Gruppen umher, lehnten an der Reling. Zwei Paare tanzten.

Donadieu sah auf seiner Verfolgung plötzlich Gesichter und Schatten aus der Dunkelheit auftauchen und hätte beinahe gerufen:

»Huret!«

Doch da sah er den jungen Mann vor sich, er lief wie einer, der Angst hat, aber nicht so aussehen will, als würde er vor etwas fliehen.

Er sagte nichts und beschleunigte die Schritte. Auch Huret beschleunigte sie und lief um die Bananenkisten herum, die ihnen bis zu den Köpfen reichten.

Donadieu dachte nicht mehr darüber nach, was er tun würde. Es war eine persönliche Angelegenheit zwischen Huret und ihm geworden. Er mußte ihn nur einholen, mit ihm reden! Er, der sonst so ruhig wirkte, würde auch rennen, wenn es nötig war.

Es war fast nötig. Der Laderaum stand offen, und Matrosen suchten nach einem Koffer, den Lachaux verlangt hatte, weil ein Smoking darin war und etliche Passagiere Abendkleidung angelegt hatten.

Der offene Laderaum bildete ein schwach erleuchtetes Viereck. Einen Augenblick hatte Donadieu das Gefühl, es sei falsch, was er tat, und er fürchtete, Huret würde am

Ende noch in das helle Loch fallen, wenn er ihm weiter auf den Fersen blieb.

Er mit seinem Tick, Gottvater spielen zu müssen! Er war nur noch fünf oder sechs Meter von dem Verfolgten entfernt. Er würde ihn bis zum Heck treiben, und wenn der Dummkopf daran dachte, über Bord zu springen, käme er gerade rechtzeitig, um ihn daran zu hindern.

Die Schallplatte war zu Ende, auf der Rückseite war ebenfalls schmalzige hawaiische Musik. Von oben konnte man den Arzt mit seiner weißen Mütze sicher sehen.

Er ging ein paar Schritte schneller. Huret konnte nicht länger an sich halten und lief noch schneller.

»Hören Sie!«

Er rief es, ohne sich etwas dabei gedacht zu haben. Es war nicht mehr Wirklichkeit, es war ein Alptraum, und daß Donadieu sich dessen bewußt war, machte ihn nur noch um so drückender.

Anstatt stehenzubleiben und sich umzuwenden, rannte Huret nun, von Panik ergriffen, einfach los.

Warum sah Donadieu zum Promenadendeck hinauf? Er erkannte Madame Dassonville, die, beide Ellenbogen auf der Reling, das Kinn in die Hände gestützt, frische Luft schnappte.

Auch er rannte und hörte ein merkwürdiges Geräusch, ein dumpfes Geräusch, das Aufeinanderschlagen zweier harter Körper mit einer leichten metallischen Resonanz, gleich darauf einen Fluch.

Es war so schnell gegangen, daß Donadieu für den Bruchteil einer Sekunde nicht hätte sagen können, ob er oder Huret gestolpert war.

Nein, er war es nicht gewesen. Die Gestalt, die er verfolgte, war verschwunden. Statt dessen bewegte sich ein dunkles Etwas auf dem Blechbelag des Decks.

Sofort beugte sich der Arzt vor und flüsterte unsicher:
»Haben Sie sich weh getan?«

Er sah einen Blick, ein bleiches, verkrampftes Gesicht. Dann sah er mit dem beruhigenden Gefühl um sich, daß es vorbei war, daß die Gefahr gebannt war, daß er die Partie gewonnen hatte.

Huret war gegen eine Ankerklüse gerannt und hatte sich, als er gestürzt war, ein Schienbein gebrochen.

Von nun an gehörte er nicht mehr dazu. Er war kein Passagier mehr, sondern ein Verletzter. Nach einer kurzen Stille, die wie eine Leere wirkte, ertönten Rufe auf dem Deck der ersten Klasse, schnelle Schritte, Befehle, und auf halber Höhe des Mastes leuchtete ein Scheinwerfer auf.

Schatten wimmelten in der Staubwolke des gleißendhellen Lichts durcheinander, während Huret voller Wut den Himmel anstarrte. Madame Dassonville, die ein wenig fröstelte, da es auf dem Achterdeck kühler war, blickte wortlos zu dem Verletzten hinunter. Der Leutnant nutzte die Gelegenheit, um Madame Bassots Mund zu küssen. Aus dem Salon der zweiten Klasse kamen Leute. Die »Marianne«, jetzt gekleidet wie alle anderen und mit glattem Haar, war nicht unter ihnen zu erkennen.

Von oben beugten sich drei Männer herunter und riefen mit den Händen als Schalltrichter am Mund:
»Was ist los?«

Es war Lachaux mit Barbarin zu seiner Linken und Grenier zu seiner Rechten.

»Man soll Mathias sagen, daß er die Tragbahre bringt!«

Donadieu fürchtete, seine Freude merken zu lassen, und machte sich mit Huret zu schaffen. Er legte ihn mit Mathias auf die Bahre; fast hätte er selbst die Holme in die Hand genommen.

Er folgte dem Zug, wie er der Taufe eines Kindes gefolgt wäre.

Es war sein Werk. Ein netter kleiner Beinbruch, und er konnte beruhigt sein!

Huret schrie nicht und unterdrückte sein Stöhnen, er ballte die Fäuste bei jedem heftigen Schmerz und beobachtete trotz allem die Gesichter, die ihn umgaben.

Um einen Verletzten sind Gesichter vermutlich immer wohlwollend.

»Zur Krankenabteilung.«

»Da ist der Chinese«, flüsterte Mathias.

»Dann zu dir.«

Donadieu hatte gewonnen. Sie hockten nicht mehr zu dritt in der Kabine eingeschlossen und brüteten schlimme Gedanken aus.

Nun würde sich alles von selbst regeln. Madame Huret konnte dem darniederliegenden Mann keine Vorwürfe mehr machen. Huret mußte nicht mehr heimlich in der Nacht auf dem Deck zweiter Klasse herumschleichen, um frische Luft schnappen zu können, ohne gesehen zu werden. Er mußte nicht mehr fürchten, jemandem zu begegnen, weder Madame Dassonville noch Lachaux, noch sonst irgendwem.

Donadieu folgte ihm mit den Augen, als wäre er sein eigenes Küken.

»Bring noch eine Matratze.«

Die Neugierigen hatten sich verzogen. Madame Huret war noch nicht benachrichtigt worden, doch das hatte Zeit. Erst mußte der Bruch eingerichtet werden, und Donadieu widmete sich dem mit Hingabe.

»Na, da bist du in die Falle gegangen«, konnte er nicht umhin, dem Patienten zuzumurmeln, in der Hoffnung allerdings, er würde es nicht hören.

Huret hatte es gehört, riß die Augen auf, begriff jedoch nicht.

In diesem Moment war der Arzt der verlegenere von beiden.

Im Vorüberfahren sah man tatsächlich das Casino von Royan und die Lichter der Promenade. Eine Stunde später war man in den Strudeln der Flußmündung, und hier hätte Lachaux endlich triumphieren können, hätte er nicht geschlafen.

Die ›Aquitaine‹ stieß mit solcher Heftigkeit auf Grund und neigte sich so stark, daß der Kapitän über Funk aus Bordeaux einen Schlepper kommen ließ.

Niemand merkte es, doch für den Stab waren dies die schlimmsten Stunden der ganzen Fahrt. Das Schiff war wirklich in Gefahr, und die Mannschaft bereitete die Rettungsboote vor.

Die Luft war mild und eher kühl, die Feuchtigkeit der Septembernächte lag wie Tau auf den Decks und den Verschanzungen.

Um sieben Uhr, als die Zollstelle ihre Arbeit aufnahm, warf die ›Aquitaine‹, gezogen von ihrem Schlepper, vor

Quai Anker, und die Passagiere strömten aus ihren Kabinen.

Etwa hundert Personen standen an Land und warteten auf Verwandte oder Freunde. Auch ein Ambulanzwagen stand da für den Verrückten, und Madame Bassot hatte heute ein schwarzes Kleid an und Trauermiene aufgesetzt.

Schließlich waren da auch noch die Angestellten der Schiffsgesellschaft.

Huret jedoch, der seine Barrechnung nicht zahlen konnte, lag noch immer mit seinem Bruch da. Seine Frau war die letzten fünf Tage ununterbrochen zwischen dem Bett des Kindes und dem seines Vaters hin und her gependelt.

»Daß nur ja keine Komplikationen auftreten«, hatte Donadieu mit einem rätselhaften Lächeln erklärt.

Das war eine Lüge gewesen. Es war ein ganz einfacher Bruch. Aber er wollte eben immer noch Gottvater spielen.

Und war es ihm denn nicht auch gelungen? Er hatte sie alle beide nach Bordeaux gebracht, das heißt alle drei, denn das Baby lebte ja noch und saugte mit seinen weichen, runden Lippen an seinem Schnuller.

Sie schuldeten der Bar ein paar hundert Franc? Man würde ihnen Zeit geben, sie zurückzuzahlen. Madame Dassonville war nicht mehr da und erfuhr es also nicht, und auch nicht Lachaux, der eben mit der Würde eines asiatischen Potentaten von Bord ging.

Und was die gestohlene Brieftasche betraf...

Das würde man nie genau erfahren. Jedenfalls wurde Grenier zwei Jahre später wegen eines ähnlichen Diebstahls in einem Grandhotel in Deauville verhaftet.

Zu diesem Zeitpunkt lebten die Hurets schlecht und recht von dem, was sie hatten. Huret war stellvertretender Rechnungsführer in einer Versicherungsgesellschaft in Meaux.

Donadieu fuhr wieder nach Indien. Er rauchte mit den Passagieren, die das unbedingt wollten, an manchen Abenden in seiner Kabine Opium. Man erzählte sich, daß er nie Profit daraus schlug.

Robert J. Courtine
Simenon und Maigret bitten zu Tisch

Die klassischen französischen Bistrorezepte
der Madame Maigret
Aus dem Französischen von Pierre F. Sommer
Mit zahlreichen Abbildungen

Original französische Bistrorezepte – eine traditionelle Küche, die heute wieder die Teller erobert.

Georges Simenon hat in seinen unzähligen Romanen nicht nur die unsterblich gewordene Figur des Kriminalkommissars Maigret geschaffen, sondern auch der französischen Küche ein Denkmal gesetzt. Denn: Maigret liebt die echte, bodenständige Kost, wie sie am heimischen Herd oder im Bistro um die Ecke gepflegt wurde.

Robert J. Courtine, Kolumnist bei *Le Monde* und langjähriger Freund Simenons, hat die Gerichte bis zu ihren Ursprüngen zurückverfolgt, die Rezepte vereinfacht und heutigen Eßgewohnheiten angepaßt.

Begleitet wird die Rezeptsammlung von kurzen *Maigret*-Zitaten und stimmungsvollen Fotos aus dem Paris der fünfziger Jahre.

»Eine Sammlung köstlicher und gut nachkochbarer Rezepte.« *The New York Times*

*Das Gesamtwerk
von Georges Simenon
erscheint im
Diogenes Verlag*

»Da lesen ihn Hausfrauen und die experimentellen Lyriker; es lesen ihn die Stenotypistinnen und die Mythenforscher, die Automechaniker und die Atomphysiker... ja, ich kenne Texteverfasser von höchster Esoterik, die, wenn sie einmal ein Buch lesen wollen, ein richtiges Buch, Simenon lesen und nichts als Simenon, jede Zeile von ihm...« *Alfred Andersch*

»Der Balzac ohne Speck – sein Stil ist einfach, gewandt und so klar, daß der Leser immer genau das sieht, was Simenon ihn sehen lassen will, aber nie ganz versteht, wie Simenon ihn das sehen macht.«
Time, New York

»Er ist der beste Krimi-Autor unserer Tage. Er hat etwas von Edgar Allan Poe.« *Dashiell Hammett*

»Simenon erinnert mich an Čechov.«
William Faulkner

»Ich lese jeden neuen Roman von Simenon.«
Walter Benjamin

Verlangen Sie unseren ausführlichen Katalog bei Ihrem Buchhändler.